Vom Gefühl eine Sektflasche zu sein und andere Kurzgeschichten

Ein Selbstversuch Sinnfreiheiten oder Sinn frei auf Papier zu bringen.

von

Hartmut Felber

Impressum

© 2018 Hartmut Felber

1. Auflage

Illustration: Anette Felber
Verlag und Druck: tredition GmbH, Halenreie 40-44, 22359 Hamburg

978-3-7469-9280-8 (Paperback)
978-3-7469-9281-5 (Hardcover)
978-3-7469-9282-2 (e-Book)

Bibliografische Information der Deutschen Nationalbibliothek:
Die Deutsche Nationalbibliothek verzeichnet diese Publikation in der Deutschen Nationalbibliografie; detaillierte bibliografische Daten sind im Internet über http://dnb.d-nb.de abrufbar.

Vorwort

Die in diesem Buch enthaltenen Kurzgeschichten sollen eine Lebenshilfe sein. Ich hoffe, sie animieren zum Schmunzeln, Lächeln oder gar zum Lachen. Warum Lebenshilfe? Solange Sie lesen und lachen, leben sie.

Danksagung

Ich danke meiner Tochter Freya für die Motivation und Unterstützung, welche sie mir zur Entstehung dieses Buches zuteilwerden ließ.

Inhalt

Kann denn Tango tanzen Sünde sein?

Schreib doch mal eine Geschichte über das Thema Tango. Nichts einfacher als das, dachte ich in dem Moment nicht.

Falls mich jemand fragt, ob ich schon mal Tango getanzt habe, kann ich nur sagen: „Nicht dass ich wüsste." Also wenn irgendwann mal eine Frau mit mir Bewegungen vollführt hat, welche für einen qualifizierten Betrachter nach Tango aussahen, dann ist dies ohne mein Bewusstsein geschehen. Und falls mich jemand fragt, ob ich Wissen in meinem Kopf über den Tangotanz angesammelt habe, dann lautet meine Antwort: „Nein bis gar nicht."

Es kann jedoch nicht so schwer sein, über ein Thema zu referieren, von dem man nichts weiß und noch nicht mal annähernd eine Ahnung hat. Verfolgt man politische Ergüsse und die Kommentare darauf, wird einem dieses Phänomen öfter begegnen. Na ja, so ganz stimmt das ja nun auch wieder nicht, dass ich gar keine Erfahrungswerte über das Tangotanzen mein eigen nennen kann. Ich habe schon mal zugesehen, wie ein Paar Tango getanzt hat. Der Ansager hat jedenfalls behauptet, dass man diese Art der rhythmischen Körperbewegung Tango nennt. Ich verlasse mich darauf, dass der Moderator recht hatte. Um dem Thema Substanz zu verleihen, muss ich nur die richtigen Buchstaben in die richtige Reihenfolge setzen und die falschen einfach weglassen.

Das Modalverb „kann" impliziert die Möglichkeit, dass es auf die Frage „Kann denn Tangotanzen Sünde sein?" mehrere Antworten gibt. Es wäre möglich, dass die Antwort auf die Frage „Ja" lautet. Allerdings sollte der Leser oder Zuhörer sich auch auf ein „Nein" gefasst machen. Eine dritte und sehr spannende Antwort wäre „Vielleicht."

Juristisch betrachtet steht „kann" für Ermessensausübung. Es gibt Entschließungsermessen und Auswahlermessen. Der Ermessensausübende sollte sich darüber im Klaren sein, ob sein Handeln gerechtfertigt und geeignet ist, um ein bestimmtes Ziel zu erreichen.

Das Wort „Tango" setzt sich zusammen aus den Wörtern „Tan" und „go". „Go" ist für Menschen die der englischen Sprache mächtig sind, in Begleitung mit dem Wörtchen „to" der Begriff für Gehen. Go ist aber auch eine Programmiersprache und Go ist ein Brettspiel. Ich weiß noch nicht, ob mir diese unterschiedlichen Bedeutungen für ein und dasselbe Wort bei der Fragestellung weiterhelfen.

Mit TAN wird ein bestimmter Code bezeichnet, welchen man beim Onlinebanking benötigt. Diese Schlauheit stammt nicht von mir, sondern von meiner Bank und die weiß es sicher auch irgendwoher. Als Abkürzung steht „tan" auch für eine trigonometrische Funktion in der Mathematik. Davon habe ich in der Tat vor einigen Jahrzehnten schon mal etwas gehört. Die funktionellen Einzelheiten sind mir jedoch irgendwie abhandengekommen.

Tango steht zum Beispiel auch als Abkürzung für „Tactical Air Naval Ground Operations Center" oder auf gut deutsch „Taktisches Luft-, See- und Bodenkriegseinsatzzentrum." Ich weiß nicht, ob in diesem Zentrum auch getanzt wird. Vielleicht lässt sich das über unsere Geheimdienste herausfinden. Das wäre schließlich für die Wahrung des Weltfriedens eine erheblich wichtige Information. Solange die taktischen Luft-, See- und Bodenleute tanzen, haben sie keine Zeit für irgendwelche Kriegsplanungen.

Die überschriftliche Fragestellung beinhaltet weiterhin den Begriff „Sünde". Ein Freund von mir beschäftigt sich täglich mit dem theologischen Begriff der Sünde. Er hat sicher schon mehrere Messen zu diesem Thema abgehalten. Nach den von mir angelesenen und angehörten Informationen handelt es sich im christlichen Sinne bei einem sündigen Menschen um einen solchen, der gegen die Gebote Gottes verstößt, welche letzterer höchstpersönlich vermutlich mit einem Laserstrahl in Steinplatten in einen Berg gebrannt hatte. Viele Leute laufen zum Berg Sinai um den zehn Geboten näher zu sein. Der Wissenschaftler Dr. Lennart Möller meint, sie laufen irrigerweise dorthin. Der Berg Jabal al Lawz in Arabien wäre angebrachter für einen zielführenden Besuch.

Bei der Ursprungssünde hat sich laut alter testamentarischer Überlieferung ein Mann von einer Frau einen Apfel schenken lassen. Meistens muss ich mir meine Äpfel kaufen. Allerdings muss ich zugeben, dass meine Person schon mit Äpfeln beschenkt wurde – von Frauen und von Männern unter anderem von Weihnachtsmännern. Meist wurden die Äpfel sogar von mir gegessen. Ja, auch ich habe gesündigt. Jedenfalls aus der christlichen Betrachtungsweise gesehen.

Im Alltagsgeschehen begegnen selbst ungläubige Menschen dem Sündenfall.

Wer ist frei von Jugendsünden? Der werfe den ersten Joint.

Wer ist frei von Diätsünden? Der werfe das erste Schweinesteak.

Wer ist frei von Modesünden? Die werfe die erste lila Bluse mit leuchtend grünen Punkten in Streifenoptik.

Wer ist frei von Parksünden? Der werfe seinen ersten Maserati.

Ergebnis der Fragestellung:

Zum Tangotanz gehen ist Programm, für das man sich vorher entschließen muss. Um an die passende Partnerin heranzukommen, benötigt man die passende Rechtfertigung, den passenden Code und die passende Auswahl. Ob sich die Bewegungen dieses Tanzes mit einer Tanges Funktion berechnen lassen, das sollte ein Mathematiker beantworten. Sollte es beim Tangotanzen zu Ganzkörperbodenberührungen kommen, wäre es möglich, dass zwischen den Tanzpartnern kriegsähnliche Streitigkeiten über die Schuldfrage ausbrechen.

Ob Tangotanzen Sünde sein kann, kann ich weder mit „ja" noch mit „nein" beantworten. Es kommt wohl darauf an, was man glaubt gerade zu tun, was man dabei für Kleidung trägt und ob man seine körperliche Schwungmasse noch unter Kontrolle hat, welche Absicht man damit verbindet und ob Tangotanzen dafür die geeignete Tätigkeit ist. Aber was sich danach ergibt, das könnte sehr wohl eine Sünde sein, wenn man falsch eingeparkt hat.

The show must go on

Zum Frauentag eine Geschichte über kleine und andere Unzulänglichkeiten und Missgeschicke von Frauen zu schreiben ist nicht so klug. Das könnte zu Missfallsbekundungen seitens der Frauen gegenüber dem Schreiber führen.
Also besser über Unzulänglichkeiten und Missgeschicke von Männern schreiben. Darüber können sich Frauen bestimmt amüsieren.

Aber andere Männer madig zu machen kann auch kräftig nach hinten losgehen. Wie schon Hannes Hegen seinen Ritter Runkel in Heft 102 des Mosaik auf Seite 9 sagen ließ: „Ein Held mit guter Kinderstube gräbt niemals anderen eine Grube, weil das ist halt der Lauf der Welt, er meistens selbst in diese fällt."

Darum gibt es nun eines meiner Erlebnisse. Sozusagen eine Vorbereitung auf meine Memoiren. Jeder berühmte Mensch schreibt schließlich irgendwann seine Lebensgeschichte für die Weltöffentlichkeit. Na ja, dass mit der Berühmtheit wird sicher noch etwas dauern. Aber wenn ich dann in etwa hundert Jahren irgendwann mal berühmt bin, habe ich schon mal vorgearbeitet.

Es geschah zu einer Zeit, die nannte sich 1991. Es geschah an einem Ort, der nannte sich Leipzig – Markkleeberg. Ich glaube, dieser Ort heißt heute noch so, die Zeit nicht mehr.

Ich hatte mit mehreren Gruppen einen Tanzauftritt. Wir wollten indianische Tänze zeigen. Am Vorabend saßen wir alle in einem Tipi an einem schönen warmen Feuer zusammen und erzählten uns bemerkenswerte Erlebnisse von früheren Shows. Ich hatte noch keine spektakulären Anekdoten zu berichten. Ich erzählte eine Geschichte von einem Freund, die selbiger erlebt hat. Er hatte ein Lakotaoutfit an. Das heißt, Leggings, Mokassins, Lendentuch und etwas Schmuck. Ein Messer hatte er auch dabei – nur hatte er leider die Messerscheide vergessen. Während des Tanzes steckte er das Messer zwischen Rücken und Gürtel. Es war scharf. Es war sehr scharf. Dem Schneidwerkzeug fiel es daher nicht schwer den Gürtel durchzutrennen. Für diejenigen, die sich immer die Frage stellten, was ein Indianer unter dem Lendentuch hat, wurde die Antwort anschaulich dargestellt. Nichts. Also ja eigentlich nicht Nichts, denn natürlich gab's da alles zu sehen, was ein Mann so zu zeigen hat, wenn er nichts anhat.

Alle Anwesenden lachten auf Kosten des nichtanwesenden Freundes. Ich hatte erfolgreich eine amüsante Geschichte zum Besten gegeben und damit meinen Teil zu diesem Showerlebnisberichteabend beigetragen.

Am nächsten Tag, als sich einige hundert Zuschauer eingefunden hatten, begannen wir vormittags mit den Tänzen.

Einer der Tänze sollte den Zuschauern zeigen, was mit einem faulen Jäger passiert, der sich auf die Bisonjagd begibt und sich dabei sehr ungeschickt anstellt. Die daheimbleibende Frau und die Kinder hungerten und zeigten dies mit ihren leeren Holzschalen. Den faulen Jäger stellte ich dar. Ich brauchte mich dazu auch gar nicht zu verstellen. Die Rolle war mir sozusagen auf den Leib geschneidert. Apropos Leib, an meinem Leib hatte ich Leggings, Mokassins und Lendentuch, welches mit einem ledernen Gürtel gehalten wurde.

Die Frau warf dem Jägersmann Pfeil und Bogen vor die Füße und bedeutete ihm in die Welt hinauszugehen und Essen mit nach Hause zu bringen.

Es gehörte schon eine Menge Ungeschicklichkeit dazu den Bogen nicht spannen zu können. Aber darin war ich gut. Schließlich erfüllte mich eine Idee. Eine Idee von der Anwendung des Hebelgesetzes. Ich weiß zwar nicht, ob die Indianer das Hebelgesetz schon kannten - ich kannte es schon. Mein Physiklehrer hat nicht ganz umsonst uns versucht etwas beizubringen.

Schließlich konnte ich mit Hilfe der Umsetzung meiner Idee und einer Sehne das Stück Holz in Spannung versetzen und die Zuschauer vielleicht auch.

Nach dem der faule Jäger sich mitten in der Prärie von Markkleeberg zu einem kleinen Schläfchen niedergelegt hatte, trat der Bison auf den Plan und neugierig mit seinem Huf gegen den schlafenden Fleischhaufen. Jener erschrak und versuchte umständlich seinen Bogen in Schussposition zu bringen und einen Pfeil auf das Tier abzuschießen. Der Pfeil traf zielgenau und zwar die Wiese. Auch der zweite Pfeil macht es dem ersten nach. Mehr Pfeile hatte der unbedachte Jägersmann, also ich, nicht mitgenommen.

Nun machte ich mich, als der faule Jägersmann, auf um den Bison mit bloßen Händen zu fangen. Nichts einfacher als das. Ich brauchte den Bison ja nur beim Schwanz zu packen, festzuhalten und dann irgendwie - ich wusste aber gar nicht wie - zur Strecke zu bringen.

Der Bison blieb jedoch nicht stehen. Er ahnte meine Absicht und lief vor mir weg. Ich rannte also in großen kraftvollen Sprüngen hinter dem Tier her. Meine stahlharten Muskeln spannten sich kräftig. Für die Zuschauer war dies sicher ein heroischer Anblick. Fast hatte ich den Bison eingeholt. Noch wenige Sprünge und noch etwas mehr die Muskeln anspannen. Das hatte jedoch mein Gürtel nicht erwartet: so viel Kraft. In seinen alten Tagen war er diesem Anspruch nicht mehr gewachsen. So entschloss er sich ohne Vorwarnung seine Haltung aufzugeben und damit auch dem Lendentuch seine haltende Unterstützung zu verweigern. Der Lendenschurz legte sich auf die Wiese ebenso wie der Bison, der vor Lachen zusammenbrach. Der Schurz schürzte nichts mehr und nach ein paar Überlegungssekunden, ob dieser Manstrip eventuell zur Show gehören könnte, fielen einige hundert Zuschauer in das Lachen ein. Selbstverständlich beteiligten sich auch alle meine lieben Auftrittskolleginnen und – kollegen an der Lachaktion.

Durch meine schnellen Schritte hatte sich mein ungeschürzter Körper bereits einige Meter von dem Lendentuch entfernt. Ich lief also in die Reihen der anderen Tänzer, hockte mich hin und fummelte in den Ledergürtel mit Mühe einen Knoten. Es dauerte eine Weile bis sich auf mein Rufen ein Auftrittsbeteiligter bequemte und mir den Lendenschurz zurückbrachte, den ich mir dann wieder durch die Beine schlang und meine Blöße verdeckte. Der Trommler trommelte weiter, der Bison hatte sich erholt und floh wieder vor mir und ich rannte wieder hinter ihm her. Schließlich erreichte ich den Bison, packte ihn beim Schwanz und ließ mich noch eine Weile von dem Tier über die Wiese ziehen. Schließlich trennte sich der Schwanz von dem Bison und verblieb in meiner Hand. Der Bison war weg.

Zurück zum heimischen Tipi präsentierte ich meiner Frau meinen Jagderfolg. Man hätte sicherlich daraus eine gute Bisonschwanzsuppe machen können. Der Meinung war meine Frau jedoch nicht. Sie hatte dafür eine andere Verwendung. Sie nahm mir den Bisonschwanz ab und jagte mich, den Bisonschwanz mir um die Ohren schlagend, in die Reihen der Zuschauer hinein.

So, das war es dann auch schon. Meine erste Man-stripshow und gleich einige hundert Zuschauer und - innen.

Erst eine ganze Weile später erinnerte ich mich an die Geschichte, die ich am Vorabend erzählt hatte und an die Worte von Ritter Runkel mit der Grube und dem Hineinfallen.

Vielleicht gibt es ja doch so etwas wie eine Vorsehung.

Ich glaubte irrtümlich, die Veröffentlichung meines Hinterteils und anderer nennenswerter männlicher Attribute würde einige Frauenmagazine auf den Plan bringen und meinen Po groß rausbringen. Schließlich sind auch schon andere Ärsche groß rausgekommen.

Kurz vor Ostern

Wir schreiben das Jahr 2013 nach dem gregorianischen Kalender.

Es ist ein Tag vor Karfreitag, der achtundzwanzigste März. Angeblich soll Frühling sein.

Draußen liegen fünf bis zehn Zentimeter Schnee und es schneit weiter, abends um achtzehnuhrfünfundvierzig. Bald soll der Fruchtbarkeitsbote kommen. Ich denke, er wird sich wohl seine Pfoten erfrieren.

Am Tage hat es etwas getaut und die Straße ist nun Matschepampe, welche ich zumindest teilweise in unseren kleine Vorflur entführe, damit der auch noch etwas davon hat und meine Frau etwas zu meckern. Nein, meine Frau ist keine Ziege, sondern derzeit in Meiningen. Ich bin also ein sogenannter Strohwitwer. Das ist aber Quatsch, weil ich gar kein Stroh im Hause habe.

Das Thermometer kann sich nicht so richtig entscheiden, ob es Plus- oder Minusgrade anzeigen soll und bleibt einfach auf Null stehen. Da erzählen die Meteoro-logen ständig etwas von einer Erderwärmung. Ich glaube, sie lügen und es ist eine Eiszeit im Anmarsch.

Jedenfalls ist der Frühlingsbeginn dieses Jahr im ...

Brandenburger Land ausgefallen.

Gut, dass Goethe nicht heute und hier lebt, sonst wären ihm die Zeilen in seinem Osterspaziergangsgedicht „Vom Eise befreit ..." und „der Winter in seiner Schwäche zog sich in raue Berge zurück" nicht eingefallen. Früher war eben alles besser – auch das Wetter.

Der Winter hat sich offensichtlich in seiner Stärke ins Oberhavelland zurückgezogen.

Ich musste noch ein paar Schokoladenerzeugnisse im örtlichen Einzelhandel erwerben um nicht ganz so doof dazustehen, wenn mich meine Frau und meine Tochter Tiere aus Schokolade im Schneetreiben suchen lassen. Wenigsten möchte ich ihnen dieses Vergnügen auch gönnen.

Ein Einzelhandel war es aber in der Tat nicht, wo ich da war. Eher ein Sehrvielpersonenhandel. Ebenso wie ich, glaubten wohl auch alle anderen Menschen in Hohen Neuendorf, dass es nie wieder etwas zu kaufen gibt - vor Sonnabendfrüh.

Mein Erstreben den Kassenbereich zu erreichen wurde jäh von einem mich anschreienden Menschen unterbrochen. Er sagte, er wolle, dass ich etwas spare und einen Kasten von seinem Superexclusivpremiumbier abkaufe. Heute sei es ganz besonders günstig und ich würde eine Flasche gratis bekommen. Die Flasche, die ich gratis bekomme, bräuchte ich dann auch nicht zu bezahlen. Aha.

Also ich weiß nicht. Wie kann ich sparen wenn ich Geld ausgebe? Entweder hat das Lehrpersonal, welches mir in meiner Schulzeit rechnen und andere Zahlenverbiegungsaktionen beibringen wollte, gänzlich versagt oder aber der Bieranbietermann war nicht an meinen Sparbemühungen, sondern an meinem Sparvermögen interessiert.

Eine junge Vertreterin der Spezies Mensch hatte offensichtlich den Griff in den Kleiderschrank nicht mit der herrschenden Außentemperatur abgestimmt. Der Rock war etwas kurz geraten. Vielleicht ist der Schneiderin bei der Herstellung des Kleidungsstückes der Stoff ausgegangen. Die junge Frau benötigte eine Ware aus der Gefriertruhe, deren Gleichen vorher schon viele Kunden zum Ausgang gebracht hatten.

Daher kommt sicher auch die Redewendung: „Uns ist die Ware ausgegangen." Die letzten Vertreter des gefrorenen Essens befanden sich am Boden der Truhe. Die Frau vollführte eine Körperbewegung nach vorn unten, welche ihr erfolgreich das frostige Paket handhabbar machte. Diese Bewegung hatte jedoch noch einen weiteren Effekt. Alle Vorbeigehenden und Stehenbleibenden kamen zu einer interessanten Einsicht. Das schnurartige Untergewand hatte die Farbe Rot. Ein etwa zwölfjähriger Junge wurde durch die Hand seiner Mutter an der Einsichtsteilnahme gehindert. Dieses Ereignis verzögerte mein Vorankommen für mindestens fünfundachtzig Sekunden.

Nun begann der Endspurt zur Kasse. Es wäre hilfreich gewesen, wenn mir die Sportlehrkräfte in der von mir besuchten Bildungsanstalt, Slalomfahren mit vollem Einkaufswagen beigebracht hätten. Hindernisse machten sich breit. Nein ich meine damit nicht nur die breiten Kunden, sondern auch jene, die in Waagestellung versuchten einen Einkaufsgegenstand aus dem Regal zu angeln, um ihn dann mit einer kühnen Wendung in Ihr fahrbares Transportbehältnis zu legen, welches sie zu diesem Zweck hinter sich quer in den Gang stellten.

Mehr als einige Kunden hatten die gleiche Idee wie ich und wollten durch die Abkassierschleuse.

Ich erinnerte mich an alte DDR-Zeiten. Die Übung, sich an einer Menschenschlange anzustellen, hatte man uns damals beigebracht. Glücklicherweise! So konnte ich diese Herausforderung ganz gut absolvieren. Leider versuchte eine spätmittelalterliche Dame ein Experiment an mir aus. Sie rammte mir ihren Einkaufswaagen in die Achillessehne und probierte damit offensichtlich aus, ob die Kassiererin dies bemerken und ihre Produktivität um zweihundert Prozent erhöhen würde. Sie bemerkte es nicht. Auch noch nicht nach dem dritten Versuch.

Endlich, mit schmerzenden Fersen zum Kassenfließband vorgedrungen, wollte ich mit der am Ende sitzenden, netten, jungen Kassiererin ein bisschen handeln um meinen Einkauf billiger zu bekommen. Schließlich befand ich mich ja in einem Handelszentrum und ich wollte mit ihr einen bürgerlich rechtlichen Handelsvertrag abschließen. Ich dachte, für die vielen Mühen, die ich auf mich nehmen musste um in dem Laden Lagerfläche frei zu machen, könnte mir die

Vertreterin des Handelsunternehmens finanziell etwas entgegen kommen.

Jedoch die nicht mehr ganz so nette junge Kassiererin blieb stur und verlangte mir genau den Betrag ab, den der digitale Kassenautomat für sie ausgerechnet hatte.

Ich finde es schon merkwürdig, dass man einem solchen Kassenautomaten welcher nur von null bis eins rechnen kann, mehr vertrauen soll, als einem Absolventen der zehnten oder zwölften Klasse, dem man von der ersten Klasse an beigebracht hat zu rechnen, zu mathematisieren und zu algebraisieren.

Vielleicht sollte man den Umgang mit Steuermitteln überdenken und nicht in Dinge stecken, die eh keiner mehr braucht. Wozu rechnen lernen, wenn das sowieso digitale Kassenautomaten für uns übernehmen? Wozu Bildung, wenn wir Google haben?

In der Hoffnung beim Backstand mehr Glück zu haben, verlangte ich dort einige kleine Brote. Die hatten alle so komische Namen, dass mich plötzlich ein Gefühl mittelschwerer Debilität übermannte und ich nur noch konkret stammelte: „Äh, ich möchte das Dings, äh das hier mit den äh ..." „Sie meinen einen Stadlspitz?" „Äh, was? Ja, genau das." Nur Brötchen oder Schrippen gab's nicht. Schließlich ging ich aber mit einigen gebackenen Waren in einer viel zu kleinen Tüte davon. Die nette etwas ältere Verkäuferin bot mir noch an mir eine größere Tüte zu geben ... Aber he ...! Wär' doch gelacht, wenn ich die Tüte nicht im Slalom durch die weiteren vorhandenen Einkaufspersonen mit vor sich herschiebenden und neben sich stehen lassenden Einkaufswagen balancieren könnte.

Na ja, Konjunktiv – Möglichkeitsform. Es wäre sicher möglich gewesen.

Eins dieser Stadlspitze schaute neugierig über den Rand der Tüte hinaus. Es hätte nicht viel gefehlt und er hätte sich unter die Menschenmenge gemischt, also konkret unter ihre Schuhe. Mit meiner rechten Hand wollte ich ihn vor dieser unangenehmen Erfahrung beschützen. Allerdings hatte meine linke Hand nicht die Fähigkeit einen übervollen Einkaufswagen zu lenken und gleichzeitig eine übervolle Backwarenerzeugnisaufbewahrungstüte unter Kontrolle zu halten.

Na jedenfalls zu lachen gab es dann wenigstens doch noch etwas. Ich meine für die anderen Teilnehmer am Vorosterneinkaufsevent.

Vom schlanker Werden

Nachdem sich einige mir nahestehende Personen in der voll mit Menschen aufgefüllten S-Bahn beschwerten, dass ich doch mal meinen Bauch einziehen sollte, auf das sie besser an mir vorbei und zur Tür hinaus kämen, beschloss ich: Der Bauch muss weg! Na, vielleicht nicht ganz, aber ein ganzer Teil davon.
Es gibt einige Methoden, die zu diesem Ziel führen: Bauch absaugen oder jedenfalls das Fett daraus. Das ist mir aber zu schmerzhaft und zu teuer.

Sport treiben ist so ein Tipp von Leuten, die einfach nicht still sitzen können. Ich kann das schon schön. Außerdem wird beim Sporttreiben zu viel wertvolle Zeit vergeudet. Und Geld kostet es auch, wenn man so eine Schweißproduktionsstätte besucht.

Ich habe mir eine ganz praktische und dazu noch sparsame und nicht zeitraubende Methode überlegt. Und jetzt kommt die ultimative Empfehlung: Einfach nichts mehr essen. Hört sich banal an, ist es auch. Schließlich, wenn dem Körper, also meinem, keine Kalorien zugeführt werden, muss er irgendwann an sich selbst rumknabbern. So eine Art Selbstkannibalismus. Und wenn er anfängt zu knabbern, dann soll er gefälligst an meinem Bauch anfangen. Ich beschließe gleich morgen früh damit anzufangen.

Es ist morgen früh.

Ich stehe pünktlich um 5:35 Uhr auf, denn ich darf zur Arbeit. Mit meinen ersten noch etwas schwerfälligen Gedanken überlege ich, dass ich ja noch zwanzig Minuten im Bett bleiben kann, da ich mir die Zeit für das Frühstück spare. Toll, das ist einfach toll. Ich werde sogar noch mit Länger-im-Bett-bleiben-dürfen belohnt bei meinem Abnehmtest. Das nennt man positive Bestätigung.

Ich springe um 5:55 Uhr aus dem Bett und fühle mich schon mindestens um ein halbes Kilo leichter. Ich stelle mich auf die Waage, aber die Waage kann mein Gefühl nicht teilen. Ich sage in voller Siegesüberzeugung laut und vernehmlich zu der Waage „So weit wirst Du nie mehr kommen." Die Waage schweigt. Ich denke, sie schweigt im Angesicht ihrer sicheren und voraussehbaren Niederlage.

Bis zur Abfahrt meines Busses versuche ich mich noch etwas zivilisationsfein zu machen. Es gibt tatsächlich

Leute, die sagen, dass wäre schwierig und sicher sehr zeitaufwändig. Nachdem ich einige Minuten für diese angeblich schwierige Herausforderung aufgewendet habe, reicht die Zeit nicht mehr für den Morgenkaffee. Den Blick in den Spiegel erspare ich mir. Ich sehe ja bald den Blick meiner Kolleginnen und weiß dann, ob ich erfolgreich war.

Es ist 7:10 Uhr.

Heu! Ich habe schon etwa ein und eine halbe Stunde mit meiner Nichts-mehr-essen-Abnehmkur durchgehalten. Eine leichte Leere macht sich in meinem Magen bemerkbar. Die werde ich mit einem Topf Bürokaffee bekämpfen. Das hilft.

Halb Zehn in Deutschland.

Zeit für das zweite Frühstück. Und auch mein Magen kann die Uhr lesen. Dumm, wer hat diesem Magen das Uhrlesen beigebracht? Der zweite Topf Kaffee tut sein Möglichstes um gegen das Uhrverständnis meines Magens anzukommen. Ich kann nicht grad' behaupten, dass der Kaffee erfolgreich war. Ich tippe auf Unentschieden.

Aber he, ich halte durch. Manche Menschen sagen, mit der Arbeit versaut man sich den ganzen Tag. „Schwachsinn", kann ich dazu nur sagen. Mit Arbeit vertreibt man Hungerfantasien.

Der Mittag naht. Das ist die Zeit, die ich bisher damit verbrachte nach oben in die Kantine zu gehen und mir mein Tablett mit diversen Speisen voll zu stellen. Das fällt heute aus. Die anderen Kolleginnen und Kollegen müssen leider auf meine intelligenten Witzchen verzichten. „Lasst mich mal bitte vor. Ich will mir nur etwas zu essen holen." Allerdings werden die Lacher nach 20 Jahren denselben Gag erzählend auch leider immer seltener.

Ich gehe statt zur Kantine in den Außenbereich. Die frische Luft empfängt mich und ich merke, dass einige Sprichwörter durchaus Sinn ergeben. So zum Beispiel dieses: „Frische Luft macht hungrig." Das Sprichwort hätte ruhig Unrecht haben können. Ich versuche mich mental abzulenken und betrachte die Wasseroberfläche. Die Schwäne und Enten kommen herbei und erhoffen sich etwas zum Essen. Offensichtlich hat sich mein Abnehmtest bei ihnen noch nicht herum gesprochen. Oder doch. Denn sie steuern plötzlich auf einen

Mann neben mir zu, der sich soeben einen dicken fetten Hamburger in die Öffnung unter seiner Nase hineinschiebt. Meine Mentalität beginnt zu schwanken. Ich spüre deutlich, wie mein Körper an mir herumknabbert. Und tatsächlich fängt er beim Bauch an. Mein Plan scheint aufzugehen. Langsam erscheinen jedoch auch Gedanken in meinem Kopf, die da sagen: „Hartmut, dein Plan hat auch Schwächen." Mit Weiterarbeiten verscheuche ich diese unerfreulichen Auswüchse meiner grauen Gehirnzellen.

Es ist Nachmittag.

Ich schaue etwas wehleidig auf das Stück Kuchen, welches meine Kollegin zum Nachmittagskaffee verspeist. Jedes Stück, welches ihr die Speiseröhre hinunterrutscht, fühle ich mit und warte auf das sättigende Gefühl. Ich warte. Ich warte bis das letzte Stück Kuchen verzehrt ist. Nichts. Lediglich das Gefühl von gähnender Leere in meinem Magen. Der Kaffee soll's richten. Als der Kaffee in mir verschwunden ist, versuche ich den Ausgang des Wettkampfes zwischen Kaffeesättigung und Magenleere zu ergründen. Ich komme zu dem eindeutigen Ergebnis, dass die Magenleere mit zehn zu eins gegen die Kaffeesättigung gewonnen hat. Mein Magen fängt an mit vernehmlichen Brumm- und Knurrgeräuschen seiner Freude über den Sieg Ausdruck zu verleihen. Meine Kollegin deutet dieses Geräusch anders und bietet mir ihre Frühstücksstulle an, welche sie noch übrig hat. Ich lehne dankend ab. Wenn auch meine Ablehnung gespielt ist und nicht meinen ureigensten Trieben entspricht.

Im letzten Teil meiner Arbeitszeit entdecke ich mich bei der Frage, ob man wohl Aktendeckel auch essen kann. Ich verwerfe den Gedanken jedoch aus dem Grunde, dass ich vermutlich Schwierigkeiten hätte dem Aktenkontrolleur das Verschwinden des Aktendeckels zu erklären. Mindestens zwei Seiten Stellungnahme wären da erforderlich.

Während meiner Nachhausefahrt entdecke ich ein interessantes, wenn auch beunruhigendes Phänomen. Der Entzug von Nahrung für oder besser gegen meinen Körper wirkt sich direkt auf andere Verkehrsteilnehmer aus. Eigentlich nerven alle. Die Oma an der rechten Seite überlegt gefühlte fünf Minuten, ob sie die Straße überschreiten oder mich vorbeilassen soll. Ich nehme ihr die Entscheidung ab und fahre an. Hui, das war knapp! Es kann schon gefährlich werden, wenn zwei fast dasselbe denken. „Ich geh' jetzt los." „Ich fahr' jetzt los." Och nee, so ein Montagsfahrer vor mir. Der hat wohl seinen Büroschlaf noch nicht beendet. Hier darf man fünfzig fahren, nicht nur achtundvierzigeinhalb.

Zu Hause angekommen, würdige ich den Kühlschrank keines Blickes. „Phh, du kannst mir gestohlen bleiben. Nein, du verführst mich nicht." Der Kühlschrank gibt ein merkwürdiges Brummen von sich. So ein bisschen erinnert mich dieses Geräusch an mein Magengeräusch.

Ich werde mich mit meinem Computer beschäftigen. Das lenkt ab und bringt mich sicher auf andere Gedanken. Erstmal E-Mails checken. Ein Werbefenster wird eingeblendet. „Besuchen Sie unser neues Restaurant in ..." In Wo hab' ich schon nicht mehr gelesen, da hatte der Mauszeiger bereits das Kreuz getroffen. Blöd aber auch, dass die genau jetzt an mich denken. Ich schaue nach, ob das rote Lämpchen an der Kamera leuchtet. Nicht, dass sich da einer einen Spaß daraus macht und mich einer Essenanbietungsfolter aussetzt. Aber das Lämpchen lämpt nicht. Keine neuen E-Mails. Ich beschließe ein Computerspiel zu spielen. Ich stehe so auf Aufbauspiele. Zuerst soll man eine florierende Wirtschaft aufbauen: Getreidefelder anlegen, Mühle zur Mehlherstellung bauen, Brot backen. Aus, das war's! Selbst dieses blöde Computerspiel kennt meine momentane Schwachstelle. Computer aus, Fernseher an. Es läuft Werbung. Irgendeine neue Wurstsorte wird da präsentiert. Der Fernseher brauchte nicht mehr lange zu arbeiten.

Ok, ich beschließe ein Buch zu lesen. Das lenkt ab. Man kann sich wunderbar in eine Traumwelt versetzen und irdische Befindlichkeiten hinter sich lassen. Auf der fünften Seite wird beschrieben, wie ein indianischer Jäger einen Bison tötet. Das Indianervolk ist froh, dass es nun nicht mehr hungern braucht und bereitet ein Fest vor. Es gibt Bisonfleisch. Es gibt ein mit etwas Frust wieder ins Regal gestelltes Buch.

Ich gehe in den Garten um einen Rundgang zu machen. Da kann nichts passieren. Schnecken machen mich nicht an, jedenfalls noch nicht. Auch nicht, wenn sie nackig sind. Also jedenfalls nicht die, die da übers Gras schleimen. Die anderen Nacktschnecken sind leider nicht in meinem Garten. Ich komme an den Tomaten vorbei. Oh, die sind ja schon reif. Die schme-

cken bestimmt. Meine Hände sagen: „Ja, los greif zu!"
Sie bekommen Unterstützung von meinem Magen.
Meine Füße sind aber offensichtlich schlauer oder un-
tertäniger und hören auf meinen Verstand, der da
sagt: „Halte durch!" Sie tragen mich hinweg von der
roten saftigen Versuchung. Der Gartenrundgang ist
also auch doof. Jedenfalls jetzt in dieser überaus pre-
kären Situation.

Ich lege mich ins Bett und hoffe, dass der Schlaf den
Ast des Hungers, auf dem ich sitze, absägen wird. Die
Säge muss wohl stumpf sein. Stattdessen ist der Weg
ins Nirwana gepflastert mit leckeren Speisen. Kuchen
und Würste und allerlei Näschereien. Ein Pudding-
bach fließt glucksend neben her. Aber sobald ich danach greifen möchte, bekommen all die Köstlichkeiten
ein Eigenleben und weichen aus. Und nicht nur das,
ich glaube sie lachen über mich. Wie in Trance bewe-
gen sich meine Beine eine Treppe hinunter. Ich entdecke einen weißen Kasten, welcher mir irgendwie bekannt vorkommt. Ich öffne die Tür und sehe
ebensolche Köstlichkeiten. Ich greife zu und welch
Wunder! Dieses Mal hauen die Dinge nicht ab. Ich
denke: „Es ist ja nur ein Traum. Wenn ich mir im
Traum den Magen vollstopfe, kann mir nichts passie-

ren. Im Traum können sich Kalorien nicht vermehren. Nein, das tun sie nicht. Das wäre auch unfair."

Am nächsten Morgen fragt mich meine Frau, wo die Packung Wiener Würstchen hin sei. Und zwei Becher Pudding fehlen auch. Das hat sie nach den ersten flüchtigen Untersuchungen festgestellt. Zumindest ist unser Kühlschrank jetzt wesentlich übersichtlicher als zuvor.

Mein Magen hat die Nacht gut überstanden. Kein Nagen mehr. Ich bin etwas verwundert und frage meine Waage. Die fängt an zu grienen und zeigt mir ungeniert, dass sie eine neue Spitzenleistung erreicht hat. Ich beschließe, dass die Waage mit Entzug meines Körpers bestraft wird. Sie verschwindet in irgendeiner Ecke und soll dort erstmal über ihr Verhalten nachdenken, soweit sie dazu fähig ist.

Nachdem mein Abnehmversuch doch eher weniger erfolgreich war, komme ich zu dem Entschluss, dass ich in Zukunft weniger S-Bahn fahren sollte und wenn doch, dann nur wenn außer mir keiner weiter mitfährt.

Die Wohnung – das gefährliche Wesen

Eine recht profane Überschrift. Aber bei einer Überschrift wie:

„Eine ornithologische Betrachtung der gemeinen Wohnung" hätte man bezüglich Vögeln und Wohnung schnell auf abwegige Gedanken kommen können.

Daher eben einfach nur „Die Wohnung – das gefährliche Wesen."

Warum Wesen? Nun, ich setzte als hinreichend gefestigtes Wissen voraus, dass eine Wohnung kein Mensch ist. Ja noch nicht einmal ein Tier. Und dennoch hat man schon gehört, dass Leute gesagt haben: „Das Haus lebt." Also vielleicht ist eine Wohnung doch nicht nur eine Sache.

Warum aber gefährlich?

Nun das möchte ich mit meiner folgenden empirischen Betrachtung herausarbeiten.

Bevor die Wohnung betreten werden kann, wurde meist eine Barriere davor gesetzt. Die Treppe ist die erste Hürde, die überwunden werden muss. Wehe man tritt fehl. Physikalische Gesetze können so ganz einfach bewiesen werden. Ein Material – die Steintreppe – mit höherer Dichte, verdrängt Material mit geringerer Dichte – Haut und Fett, Fleisch, im günstigsten Fall etwas Muskelmasse und ja, hörbar auch Knochen.

Die allermeisten Menschen betreten eine Wohnung durch die Eingangspforte, auch Tür genannt. Es gibt aber auch Leute, die besuchen eine Wohnung durch das Sichtnachaußenloch mit Glas davor, auch Fenster genannt oder durch das Hinterteil, die Terrassentür.

Diese Personen zeigen mit ihrem Verhalten eine der positiven Eigenschaften des Menschen. Sie sind neugierig und zwar auf das Innere der Räume. Sie ersparen durch ihren Besuch dem Wohnungsinhaber Entrümpelungskosten, besonders der werthaltigen Gegenstände.

Erhält man auf dem normalen Weg Einlass in seine oder eine andere Wohnung, sollte man die Bedeutung des Wortes „Einlass" genau bedenken. Man muss wissen auf was man sich da einlässt.

Nach erfolgreichem Durchschreiten der Pforte landet man zunächst im Vestibül, Entree, Foyer oder einfach nur im Flur. Das ist einer der wichtigsten Räume einer Wohnung, denn hier werden echte Entscheidungen getroffen. Je nach den Bedürfnissen der Bewohner, muss man sich hier entscheiden in welchen Funktionsraum man als nächstes gehen will. Und wehe man entscheidet sich fehl. Man stelle sich vor die Kartoffeln im Klo abzugießen und in der Küche ... Ach, lieber nicht vorstellen. Das ist ekelig.

Nun da wir schon beim Bad sind, hier einige Erkenntnisse dazu.

Das Bad ist im Allgemeinen der Raum, in dem man unliebsamen Dingen eine Abfuhr erteilt und danach abtauchen zu lassen.

Das geht auf sehr unterschiedliche, unter anderem spielerische Art und Weise.

Hier ein Beispiel:

Ein männlicher Mensch sitzt in der Badewanne und erfreut sich an den vielen Blubberbläschen, die er selbst produziert hat. Ein weiblicher Mensch wirft ihm einen voll gesafteten Föhn zu. Je nach Erfolg oder

Misserfolg der Fangbemühungen des männlichen Menschenwesens hat das Ergebnis auf beide Spielbeteiligte einen entscheidenden Einfluss auf den weiteren Lebensverlauf und wirkt sicherlich abführend.

Jeder der jetzt diese Zeilen liest oder hört, war auf die eine oder andere Art erfolgreich, sofern er das Spiel schon gespielt hat – bisher.

Falls noch nicht, viel Glück.

Dem Gendergesetz zufolge müsste dieses Beispiel jetzt noch umgedreht, also gegendert, werden.

Das Schlafgemach

Es sollte üblicherweise ein Ort der Ruhe und Erholung sein, in dem man in eine Welt der Träume versinkt. Manche Menschen träumen in diesem Raum von den Schönheiten des Lebens in all seinen Daseinsformen, andere haben Alpträume. Sie träumen von ihrem realen Leben. Was kaum bekannt sein dürfte, dieser Raum ist einer der gefährlichsten Räume der ganzen Wohnung. Mitunter und mitdrüber finden hier verdeckte Tätigkeiten statt, die auf gar keinen Fall an das Licht der Öffentlichkeit gelangen sollten. Ab und zu werden diese Tätigkeiten allein ausgeführt, meist findet sich aber eine Komplizin oder ein Komplize. Der Gesundheit abträglich sind diese dort getätigten Maßnahmen des Öfteren. Falls die Handlung allzu fesselnd war, könnte es passieren, dass sich der zwangsweise herbeigerufene Schlüsseldienst durch Lachanfälle einem Erstickungstod nähert. Oder aber eine dritte Person betritt den Ort der Tat und deckt das geheimnisvolle Geschehen auf. Oft hat dies für alle Beteiligten keine gesundheitsfördernden Folgen. Manche Geschehnisse verursachen Spätfolgen. Zunehmende Körperfülle mit plötzlicher Entladung könnte sich einstellen, gefolgt von vielen schlaflosen Nächten. In diesem Raum befindet sich ein besonders gefährlicher Gegenstand. Dieser wird „Bett" genannt. Warum das Bett so gefährlich ist? Nun, schon meine Oma sagte: „Im Bett sterben die meisten Leute."

Es ist wohl wesentlich sicherer in einer nebulösen Nacht auf einer Mittelinsel einer Hauptverkehrsstraße zu übernachten. Ich bin mir sicher, dass statistisch betrachtet, dort sehr wenige Leute bisher verstorben sind. Es empfiehlt sich also den Raum mit äußerster Vorsicht zu betreten und Unfallverhütungsmaßnahmen zu treffen. Auf jeden Fall sollten passgenaue Schutzkappen zur Sicherheitseinrichtung gehören.

An Gefährlichkeit kann es die Küche durchaus mit der Schlafkammer aufnehmen.

Der Raum ist nur so gespickt mit Folterinstrumenten, deren Besitz teilweise strafrechtrelevant sein dürfte. Rasiermesserscharfe Stahlklingen warten darauf rohes Fleisch von seinen Knochen zu trennen. Eine rotierende Maschine verwandelt das abgetrennte Fleisch in wurmartige Gebilde, die dann mittels Handanlegen in zusammengematschter Form dem sicheren Verbrennungstod zugeführt werden.

Heiß und kalt liegen hier sehr nah beieinander. Wem die Raumtemperatur missfällt, wird einfach kaltgestellt.

Auf der Suche nach einem kleinen Löffel in dem viel zu vollen Besteckkasten, stellt man fest, dass sich der Findungserfolg als einschneidendes Erlebnis einprägen wird. Löffel haben es auf Grund ihrer innewohnenden Intelligenz so an sich, dass sie neben den scharfen Messern liegen.

Falls Mann oder Frau dieses Gruselkabinett ohne abgetrennte Extremitäten, ohne Verbrennungen dritten Grades, Überfraß oder ähnliche Schrecknisse überlebt, hat er oder sie auf jeden Fall heldenhaft ein Küchenabenteuer überstanden. Bei einigen Menschen soll auch der Genuss der Produktionsergebnisse aus dieser Koch- und Backwerkstatt ein überlebtes Abenteuer sein. Ein neues Level wurde erreicht. Ein neuer Titel wurde verliehen: Der Küchenabsolvator.

So trainiert sollte nun das Wohnzimmer keine besondere Herausforderung mehr darstellen. Weit gefehlt. Hier lauern die wirklich, wirklich gefährlichen Gefahren. Nein, ich meine nicht die Katze, die ihre Krallen in den Allerwertesten schlägt, wenn man versucht den eigenen Stammsessel in Besitz zu nehmen. Ich meine auch nicht dass den Geschmack verirrende Gemälde an der Wand von einem Hirsch, der aus dem Wald röhrt. Ich meine auch nicht die aufgeschlagene Teppichecke, die nur darauf lauert, dass man mit einem Fuß daran hängen bleibt um schließlich mit dem Kinn sanftlos auf der Tischkante aufzuschlagen.

Nein. Etwas viel Perfideres, Gemeineres wartet nur darauf den Raumbetreter durch psychische Beeinflussung in einen gedankenfreien seelenlosen Zombie zu verwandeln. Leiter wahr isch dissem Gäret auch ausgäseetzt.

Sollte dieses Abenteuer nicht genug sein, dann wartet noch der Keller auf ein Opfer. Um in den Untergrund zu kommen, kann man entweder eine Treppe benutzen oder man tritt in die Mafia ein. Beides birgt gewisse Risiken. Über die zweite Möglichkeit kann ich jedoch noch keine Erfahrungen beisteuern, über die erste schon.

In der Kellerwerkstatt entdecke ich meine Stichsäge. Ein paar Latten will ich noch zu recht sägen. Die Säge flutscht durch das weiche Holz. Als sich die Sägespäne rot färben, denke ich, dass jetzt gleich ein Schmerz eintreten sollte. Meine Erwartungen wurden nicht enttäuscht. Mein Daumen befand sich in der Schnittbahn des Sägeblattes und hat nicht wirklich kein Hindernis dargestellt. Ein kurzes und vorwurfsvolles „Au" stoße ich aus. Mehr um meinen Schmerzen Ausdruck zu verleihen und der Säge meinen Unmut auszudrücken. Zu jammern, zu schreien oder zu weinen lasse ich sein. Es ist keiner da, der mir seine Mitleidsbezeugungen kundtun könnte. Keine vorsorgliche Kondolenz zu meinem sicheren absehbaren frühzeitigen Ableben. Die Erwartungen von meinem Ableben haben sich nicht erfüllt. Es bleibt beim Schmerz und rotem Gematsche aus Blut und Sägespäne.

Sollte man aus dem Untergrund lebend und ohne größere körperliche Schäden empor steigen und hat man noch das Glück den Ausgang der Wohnung passieren zu können, erfährt man wie ein kräftiger Luftstoß das Türblatt der eigenen Handmacht entwindet. Man wartet auf den lauten Knall, wenn das Türblatt sich mit dem Rahmen vereint. Doch nichts. Kein Knall. Der Aufprall wurde abgebremst durch Knochen, etwas Fleisch und ein bisschen Haut. Statt des Knalls ertönt ein Schrei, aber erst als man feststellt, dass es die eigene Hand war, die den Knall verhindert hat.

Der Fernseher

Es gibt Geräte, die werden als Fernseher bezeichnet. So ein Quatsch. Ich habe noch keinen so bezeichneten Gegenstand gesehen, der in die Ferne schauen kann. Höchstens in die Nähe. Bei dem heutigen Stand der Technik ist es nicht ausgeschlossen, dass da irgendwo eine Kamera eingebaut ist, die mich beobachtet, wie ich in meiner schönsten ausgebeultesten Jogginghose auf meiner Ottomane so herumliege und denke: „Jetzt bräuchte ich ein Bier." Meine Gestik und Mimik würde von der Kamera aufgefangen, in irgendeinem Computerzentrum ausgewertet und eine Bierwerbung würde eingeblendet werden. Die Informationen würden auch gleich noch an die NSA und den BND und noch 253 weitere Geheimdienste weitergeleitet werden. Auswertungsergebnis: Im Moment geht von diesem faulen, bald biertrinkendem Individuum keine Terrorgefahr aus.

Mein Telefon schellt. Es ist der Getränkemarkt drei Straßen weiter. Die Gesprächsführerin fragt mich, ob ich gern ein Sixpack Bier nach Hause geliefert bekommen wollte. Sie kennt auch meine bevorzugte Marke. Die wurde bei meinem letzten Einkauf dort in der Computerkasse, die mit den Ladenkameras vernetzt ist, gespeichert.

Doch zurück zu diesem Gerät, dass ich lieber als Nahseher bezeichnen würde. Ich bin eigentlich der Fernseher. Wenn ich auf einen Berg steige, drei Stunden warte bis sich der Nebel verzogen hat und dann in der Ferne die wunderschönen Wälder und Wiesen betrachte, dann weiß ich was ein Fernseher ist – nämlich ich. Und wenn ich versuche in die Ferne zu schreiten, dann wird der Begriff konkretisiert. Nach circa zwei Kilometern sagen mir meine Füße, dass ich schon ganz schön viel in die Ferne gelaufen bin.

Ich wiederhole den Versuch in meinem Zimmer. Ich stelle mich auf meine Couch und laufe auf dieses Gerät, den angeblichen Fernseher, zu. Die Klippe habe ich mit einem eleganten Plumser überwunden. Aber schon nach drei Schritten hab' ich eine Scheibe – an meiner Nase. Nichts mit Ferne.

Aber gut, wenn man mit diesem Gerät in die Ferne schauen kann. Wie definieren andere Leute Fernseher. Ich ging in ein solches Geräteverkaufsgeschäft und fragte nach einem Nahseher. „Was?", fragte der Verkäufer offensichtlich irritiert. „Nun, ich möchte nur

Regionalsender sehen, das ist nicht so fern." Der Verkäufer fühlte sich auf meinen Arm genommen. Dabei wäre ich gar nicht so stark um den sehr vollschlanken Verkäufer überhaupt mit beiden Händen und Armen tragen zu können.

Wenn nun ein Regionalsender einen Bericht über unser alljährliches Blätterfalljahreszeitenfest von dem Rathausvorplatz bringt, der etwa 600 m von meiner Wohnung liegt, ist das dann fern? Ich würde eher sagen nah, zumindest nachnah oder vielleicht vorfern.

Überhaupt stelle ich mir unter In-die-Ferne-schauen zumindest eine dreidimensionale Darstellung des bewegten oder unbewegten Bildes vor. In dem vorbenannten Laden hatte ich ein Gerät erblickt, da stand 3D dran. Um mir dieses Gerät vorführen zu lassen, bekam ich eine Brille aufgesetzt.

Wow, die Schneeflocken flogen direkt auf mich zu. Ich wollte sie mit der Hand fangen, aber vergeblich. Ich setzte die Brille ab und schaute hinter das dreidimensionale Gerät – kein Schnee. Alles nur Schummel.

Der Verkäufer versicherte mir, dass er hier sicher einen zu mir passenden Fernseher finden würde. Ich schaute mich um. Es waren einige Kunden und -innen in dem Laden. Aber keine gefiel mir.

Der Verkäufer versteht mich irgendwie nicht. Ich benötige ein Wörterbuch Felberisch – Verkäuferisch, Verkäuferisch – Felberisch. Ich weiß zwar nicht, ob uns das weiterbringen würde. Es wäre aber ein Hoffnungsschimmer am Einkaufsfirmament.

Ich muss also wohl weiterhin selbst in die Ferne sehen und mich ansonsten mit der flachen Scheibe zufrieden geben, auf der zur selben Zeit auf zig dutzend Kanälen, schaurige Filme über allerlei Übel verbreitet werden. Offensichtlich dazu bestimmt, die Menschen in Angst und Schrecken zu versetzen, wie zum Beispiel Horrorfilme, Krimis, Vormittagssendungen von bestimmten privaten Fernsehsendern und Nachrichten.

Mein Körper

In Ermangelung eines anderen Körpers beschreibe ich der Einfachheit halber meinen eigenen. Falls mir jemand seinen Körper zu diesem Zweck zur Verfügung stellen möchte: nur zu. Ich möchte aber gern unter der Vielzahl der Angebote vornehmlich eine Körperin aussuchen.

Einfach ist mein Körper jedoch nicht. Er hat immerhin zwei Arme und zwei Hände, zwei Beine und zwei Füße, zwei Ohren, mehrere Haare hier und da und dort.

Mein Körper unterteilt sich in Oben, Mitte und Unten. Unten befinden sich die Füße. Sie dienen dazu, mir immer einen festen Standpunkt zu verleihen. Das klappt leider nicht immer.

Die Natur hat es ganz praktisch eingerichtet, dass meine Nase oben vorn angebracht ist. Wäre sie hingegen unten, würde ich mich ständig an der Käsetheke vom Supermarkt wähnen. Was ist denn heute im Angebot? Emmentaler, Tilsiter, Romadur oder Harzer? Und die Nase in der Mitte? Och ne, das wäre auch nicht so gut. Aber ich schreibe es mal so, bei manchen Leuten wäre es gar nicht so schlecht gewesen, wenn der Bauleiter während der Bauphase die Nase hinten in der Mitte befestigt hätte. Sie würden dann viel eher, als alle Herumsitzenden- und stehenden, mitbekommen, wenn ein aromatischer Lufthauch ihre Backen verlässt und dabei möglicherweise, eventuell, vielleicht feststellen: „Das riecht nicht gut."

Ich wollte der BVG sowieso schon mal vorschlagen folgenden Motivationsslogan in den öffentlichen Verkehrsmitteln auszuhängen:

„Öfter mal die Arschbacken zusammenkneifen!" oder „Bitte kein flatterhaftes Hinterteilleben führen!"

Den Fahrkomfort würde es jedenfalls steigern, wenn sich alle Verkehrsmittelkunden öffentlich daran halten würden und der Zugführer der einzige ist, der einen fahren lässt.

Neben der Nase befinden sich zwei Sehorgane, welche üblicherweise als Augen bezeichnet werden. Ich denke es sind zwei, damit man nicht nur eine Sicht auf die Dinge hat, sondern erkennt, was links und rechts vorgeht. Vorteilhaft ist es, wenn das Gehirn die Erkenntnisse auch noch richtig verarbeiten kann. An den Augen kann man die Genialität der Konstruktion des menschlichen Körpers erkennen. Sie sind mit Klappen ausgestattet, die es erlauben Dinge nicht zu sehen, die man nicht sehen will.

Es gibt aber auch körpereigene Bestandteile, die man nicht sehen kann. Hier möchte ich beispielhaft das Gehirn nennen. Sollte man es doch live und in Farbe sehen, ist es mit Sicherheit das Letzte was man zu sehen bekommt.

Es gibt wenige Menschen, die nutzen dieses Denkorgan mehr und es gibt mehr Menschen, die nutzen ihr Gehirn weniger. Es eignet sich hervorragend dazu ihm die Schuld zu geben, wenn mal etwas schief geht. „Das war nicht ich, das war nur mein substanzarmes Gehirn." Mein Gehirn ist der Steuermann und gibt vor, wo die Lebensreise lang geht. Das Gute und Schlechte ist, ich kann mittels Futtergaben die Steuerung beeinflussen. Kommt, wie beim Schweinefüttern, alles Mögliche hinein, muss man sich nicht wundern, wenn auch Schweinkram herauskommt.

Apropos Herauskommen, da geht es auch gleich zum nächsten Körperteil: dem Mund.

Mein Mund befindet sich auch oben, aber nicht ganz oben sondern unterhalb der Nase, also eher unteres oben.

Der Mund im Allgemeinen ist eine kombinierte Ein- und Ausgangsöffnung. Regelmäßig werden interessante Dinge eingeführt: Emulgatoren, Farbstoffe, naturidentische Aromastoffe, Süßes und Saures, Scharfes und Fettes und vieles mehr. Die ausgegebenen Produkte sind mindestens so gefährlich wie die eingehenden. Mit akustischen Ausgaben kann ich schnell lange Freundschaften beenden. Es hat seinen Sinn, dass sich der Mund in der Nähe des Gehirns befindet. Es wäre hilfreich, wenn Gedanken zunächst erstmal zum Bauch geleitet würden, dann nochmal zum Gehirn und dann erst zum Mund. Das könnte in vielen Situationen den Unmut der Zuhörenden verhindern. Vielleicht könnte man das bei einem Upgrade berücksichtigen?

Im Mund sind meist Zähne befestigt, entweder durch Mutter Natur oder durch den Zahnarzt. Zähne können sehr gefährliche Werkzeuge sein. Drei Wochen lang die Zähne nicht geputzt, würde einen Gasausbruch zur Folge haben, der sicher nicht sicher für alle Umstehenden wäre und mit hoher Wahrscheinlichkeit unter den Chemiewaffensperrvertrag fallen würde.

Ich kann wirklich froh sein, dass meine Ohren während meiner Herstellung oben am Kopf seitlich befestigt wurden. Wären sie beispielsweise hinten in der Mitte angebracht, würde unbedeckt betrachtet eine ziemlich gemeine Schimpfwortgruppe wahr sein. Aber auch mit Hosen an erkennt man Ärsche mit Ohren spätestens auf den zweiten Blick.

In der Mitte ist nicht viel los.

Innen drin hört man manchmal, dass ich noch lebe. Wenn ich Sauerkraut, saure Gurken und Backpflaumen zu mir nehme und diese Masse mit etwas Milch verdünne ... Aber hallo, dann ist heftiges Leben zu hören und zu spüren! Mein Magen wird dann zu einem hektischen Aktionär und bemüht sich die Umformatierung mit Hilfe des Darms so schnell wie möglich vorzunehmen und zur Endproduktausgangsöffnung am hinteren Mittelteil meines Körpers zu befördern. Ich sollte während dieser inneren Unruhe nicht U-Bahnfahren.

Dann ist da noch der Arsch.

Wieso werden manche Menschen eigentlich mit diesem Begriff betitelt und nur auf dieses eine Körperteil reduziert? Wieso sagt keiner „Du Gesäß" oder „Du Hinterteil?"

Wieso dient nicht auch ein anderes Körperteil als Alternativbezeichnung für einen Menschen, wie zum Beispiel „Du Bauchnabel", „Du Schulterblatt" oder „Du Gehörgang"?

Es gibt Leute, die verstärken das Arschwort noch mit einem Loch. Warum sagt man nicht „Du Enddarmausgang"?

Ich finde es gut, dass meine Beckenknochen mit etwas Polsterung versehen sind. Man stelle sich das Geräusch vor, wenn man mit seinen Beckenknochen auf einer lattenhölzernen Parkbank hin und her rutschen würde.

Die Aufzählung ist nicht abschließend. Es ist sehr spannend die Entwicklung und Veränderung des eigenen Körpers zu beobachten. Ein Vergleich mit geologischen Ereignissen drängt sich auf. Es entstehen Furchen, es gibt Hügel und Täler, es kommt zu Beben und Eruptionen. Letzteres sollte man jedoch während des U-Bahnfahrens vermeiden.

Die Erde darf eruptionieren, sie fährt ja auch nicht U-Bahn.

Vom Gefühl eine Sektflasche zu sein

Haben Sie schon mal versucht sich in eine Sektflasche hinein zu fühlen? Was sie so denkt und fühlt? Ja, nein, wissen Sie nicht?
Nun ich schon. Diese meine Erfahrung möchte ich Ihnen per Wort und Schrift nicht vorenthalten. Und wer weiß, vielleicht sagt ja jemand hinterher: „Ja, so habe ich mich auch schon gefühlt."

Es geschah vor langer, langer Zeit. Jedenfalls noch vor dem Event, bei dem ich meiner jetzigen Ehefrau gesagt habe, „Es kann nur eine geben und das bist du." Der Standesbeamte hatte damals mit seinen Ausführungen darauf hingewiesen, dass das so zu sein hat.

Doch zurück zu der Geschichte, welche ihren Anfang in einem kleinen Café nahm. Ich trank mit meinem Kumpel Klaus eine kleine Molle aus einem gut gefüllten Literglas. Ich war damals noch Single und im Jagdmodus und sensibel für alle um mich herum stattfindenden Testosteron und Östrogen gesteuerten Aktivitäten.

In meiner Blickrichtung saß ein junges Pärchen, welches nach einigen Gläsern Rotwein mehr und mehr seine Umwelt vergaß. Der junge Mann und die junge Frau saßen sich gegenüber und himmelten sich gegenseitig an. Ein durch die Fenster scheinender Sonnenstrahl tat sein Bestes um dieses Gehimmel zu erhellen. Die beiden vergaßen offenbar auch, dass das Tischtuch nicht lang genug war um ihre Fußaktionen zu verdecken. Ab und zu ertönte ein gestöhntes „Mhm", sodass man vermuten durfte, dass die Fußspitzen ihr angestrebtes Zielgebiet erreicht hatten und zu dem Gehimmel dann auch noch Gebimmel kam.

Meine etwas neidische Aufmerksamkeit wurde just abgelenkt.

Unerwartet kam eine attraktive junge Frau zur Tür herein, setzte ihre Schritte in unsere Richtung und nahm ohne zu fragen an unseren Tisch Platz. Ich dachte: „Heu, welch glücklicher Zufall." Ganz so zufällig war das zielstrebige Hinsetzen der hübschen jungen Frau an unseren Tisch jedoch nicht. Wie ich aus dem Gespräch entnahm, welches sich zwischen der schönen jungen Frau und Klaus entspann, kannten sich die beiden flüchtig. Das heißt, sie ist vor ihm geflüchtet. Offenbar sollte das jetzige Gespräch eine Art therapeutische Endbeziehungsaufarbeitung unter Zeugen sein.

Klaus verdutztes Gesicht sagte mir, dass er das nicht geplant hatte, was zumindest für ihn sprach. Ich hatte aber so gar keine Lust, mich als Drittbeteiligter missbrauchen zu lassen. Zwischen den Beiden war eh die Brüh verschütt'. Aber ich hatte dennoch an mir selbst eine enorme Wissenssteigerung erfahren. Erfahren habe ich nämlich ihren Namen: Ida.

An den Wänden des gastronomischen Einzelhandelsbetriebes hingen diverse Fantasiegemälde irgendwelcher einheimischen Künstler.

Ich bemerkte Idas Blicke zu den Gemälden. Tatsächlich schien sie sich mehr für den Anblick der Gemälde zu interessieren als für den Blick in das Gesicht von Klaus. Ich konnte das gut nachvollziehen.

Zwischen den beiden entwickelte sich ein Gespräch, dass ich glaubte, ich säße in einem Trafohäuschen. „Vorsicht Hochspannung", stand da in einer Gedankenwolke über Ida und Klaus. Und ich sollte die Spannungsdrossel sein. Als Drossel mischte ich mich nun doch ein. „Ich bemerke, du interessierst dich für Gemälde?" „Ja", sagte sie und fing an über ihre Kenntnisse dieser Art der Leinwandverzierung zu reden. Ich ließ den Redeschwall über mich ergehen, heuchelte Interesse vor und holte zum nächsten Schlag aus. „Ich habe in meiner Wohnung ein bemerkenswertes und fantasievolles Deckengemälde. Willst du es sehen?" „Jetzt?", fragte sie „Ja, wieso nicht." Klaus war in diesem Moment für Ida zu einer historischen Person ihrer Zeitgeschichte avanciert.

Ich muss so vertrauenserweckend ausgesehen haben, dass sie zustimmte. Ich dachte: „Ja" (betontes /j/ und kurzes /a/). Die Hochspannungswolke war wie weggeblasen. Ida würdigte Klaus keines Blickes und Wortes mehr und Klaus machte, wie nach einem schweren Toilettengang, ein erleichtertes Gesicht.

Bald darauf befanden wir uns, also Ida und ich, in meiner Wohnung. Sie fragte, wo denn nun das Deckengemälde sei. Ich sagte: „Im Schlafzimmer." Sie guckte mich skeptisch an und ich versuchte sie zu beruhigen und erzählte, dass es bau- und einrichtungstechnisch nicht anders möglich gewesen wäre. Wir gingen also in mein Schlafzimmer. Sie starte an die Decke und schien enttäuscht. „Da ist gar nichts, außer einem ollen Fleck, der aussieht als hätte es der Obermieter nicht mehr bis zum Klo geschafft."

Ich erklärte Ida die Entstehungsgeschichte des Deckenornamentes: „Eines schönen lauen Sommerabends, ich lag schon im Bett, hatte ich plötzlich Appetit auf ein prickelndes Glas Sekt. Ich ging also zum Kühlschrank, holte den Sekt raus, schnappte mir das Glas und ging wieder ab ins Bett. Offenbar war der Sekt durch die Einkaufswegschüttelei so aufgeregt, dass es ihn nach einem kurzen von mir geplanten Öffnungsversuch spontan aus der Flasche drängte. Die Sektflasche stand unter enormen Druck, welchen sie in Selbsttherapie durch drastische Maßnahmen abzubauen gedachte. Der Korken verließ explosionsartig seinen vorherigen angestammten Platz im Flaschenhals und hatte sich als vorrangiges Ziel gesetzt eher die Decke zu erreichen als die nun nachfolgende Flüssigkeit. Am nächsten Tag hatte sich an der Decke dieses impressionistisch anmutende Etwas entwickelt. Auch der Korken war beeindruckend gewesen." Ida sah mich ungläubig an. Ich sagte: „Um die gesamte Ausdrucksstärke der Sektabbildung zu erfassen, brauchst du mehr Abstand. So fünfzig Zentimeter entfernt vom Kunstwerk wird das nichts. Leg dich einfach dort aufs Bett, von dort siehst du's besser." Sie guckte seeehr misstrauisch und fragte: „Wieso ausgerechnet aufs

Bett?" Ich antwortete mit immer enger werdender Ho-
se: „Denk einfach an die Flasche unter Druck."

Gibt es intelligentes Leben auf der Erde?

Die Antwort auf diese Frage ist ein ganz klares: wahrscheinlich NEIN.
Ein Beispiel? Aber bitte:

Ich fahre mit meinem Pedalotreter auf der verkehrten, nämlich der von mir aus linken kombinierten Fuß- und Fahrradweg- aber erlaubten Seite über eine Autobahnbrücke. Mir kommt eine Smartfahrerin entgegen, die entschlossen rechts blinkt. Nicht, dass ich etwas gegen Smartfahrerinnen habe, weder gegen Smarts, diese niedlichen kleinen PKW-Attrappen, noch gegen Frauen, noch gegen Rechtsabbiegerinnen. Die Smartfahrerin hatte sich zu weit vorgewagt, das heißt, sie konnte das lustige Farbenspiel der Lichtzeichenanlage nicht mehr erkennen. Sie schaute angestrengt und etwas irritiert, um vielleicht doch noch ein grünes Leuchten zu erhaschen, wollte jedoch immer noch rechts abfahren. Nach rechts ging es auf die Autobahnabfahrt. Sollte sie ihren Willen erfolgreich durchsetzen, hätte sie bald viele hundert Geisterfahrer gegen sich.

Ich versuchte sie durch Zeichen von der Irrigkeit ihres Bestrebens zu überzeugen. Hätte sie das Beifahrerfenster heruntergeleiert, hätte sie eine audiovisuelle Begründung erfahren, warum das Rechtsabbiegen gerade keine so gute Idee ist. Ich muss aber wohl gemeingefährlich ausgesehen haben, was dazu führte, dass sie das Fenster nicht öffnete und dadurch nur sah und nicht hörte. Ich versuchte ihr per Zeichensprache klarzumachen, dass sie im Begriff war zu einer Geisterfahrerin zu mutieren. Versuchen Sie mal durch Zeichensprache jemandem den Begriff Geisterfahrerin und Autobahn und Mutation zu erklären. Gar nicht so einfach. Meine Zeichen müssen bei ihr zu einem anderen als den von mir bezweckten Schluss geführt haben: „Der ist vollkommen irre."

Siegessicher bog sie rechts ab. Einer ihrer Schutzengel schlief grad' nicht und lenkte ihren Blick nach rechts oben, wo sie ein mit weißen Lippen und zu einer schmalen Linie gezogenes, grinsendes, ansonsten rotes Gesicht anstarrte. Sie starrte zurück. Nach der darauf folgenden Schrecksekunde wandte sich ihr Blick kurz mir zu. In diesem Moment hatte sie wohl doch noch die Auflösung meines Zeichenspracherätsels gefunden.

Es war schon bemerkenswert, dass sie auch noch die Rückfahreinrichtung an ihrem aus Smartville stammenden Fahrzeug entdeckte und betätigte. Leider zu kurz, denn die Lichtzeichenanlage konnte sie nun wieder nicht erkennen. Ihre Rückfahrmöglichkeit war offensichtlich begrenzt. Ob's an ihr lag oder an ihrer smarten Fahrhilfe kann ich nicht sagen. Die Straße hinter ihr war jedenfalls frei.

Mein Go-Zeichen für die Grünphase hat sie dann doch begriffen, fuhr geradeaus weiter und wurde nie wieder gesehen. Jedenfalls nicht von mir. Einige Kraftfahrzeugführer und -innen hatten die ganze Geschichte beobachtet und übten sich nun ihrerseits in Zeichensprache. Die rechte flache Hand fuhr wie ein Scheibenwischer mehrfach an ihrer Stirn vorbei. Ich glaube aber, die meinten nicht mich.

Aus eigener Erfahrung kann ich leider nichts weiter zum Thema Intelligenz beitragen.

Mücke, Mücken und noch mehr Mücken

Der Sommer 2017 war für Mückenfreunde einer der besten. Ich selbst kenne zwar keinen Mückenfreund und kann mich daher auch nicht so richtig mit einem solchen freuen, also ärgere ich mich eben mit den Mückenfeinden über diese Stechtiere.

Aufenthalte im Garten wurden in dieser zweitausendsiebzehner Sommerzeit eher kurz gehalten und wenn überhaupt, dann waren sie nur mit Mückenschutzspray zu ertragen.

Was passiert eigentlich, wenn man eine Mücke mit einem Mückenschutzspray besprüht? Ist es ein unmoralisches Tierexperiment, welches verboten gehört? Vielleicht wäre es auch eine gute Tat. Das Mückenschutzspray müsste die Mücke doch schützen, zum Beispiel vor anderen böswilligen Mücken, die der besprühten Mücke sonst Übel angetan hätten. Kann sich die Mücke dann eigentlich selbst nicht mehr riechen und würde vor sich selbst fliehen? Eine spannende Frage. Die Erforschung dieses Problems und Fragebeantwortung habe ich mir vorgenommen. Bisher jedoch ohne Erfolg. Ich stellte aber fest, dass ich nachts um halb drei bisher noch keinen Forscherdrang verspürte und den kurzen, resoluten und unrevidierbaren Weg ging um meinem Ärger über das Gesirre und Gesteche und über mein Ausbluten Luft zu machen. Das mit dem Ärger Luft machen ist so eine Redewendung, die in diesem Fall gar nicht stimmt. Ich hätte ja gern das Fenster aufgemacht und die draußen wartenden Mücken wollten das auch. Da ich das wusste, ließ ich das Fenster zu, meuchelte möglichst alle Zimmermücken, lief aber Gefahr im eigenen Mief zu ersticken, na fast jedenfalls.

Mücken sind sehr schlaue Tiere. Das habe ich schon erkannt. Egal in welchen Teil Deutschlands ich gefahren bin, die Mücken haben mich überall gefunden. Vielleicht sollten sie sich bei der NSA oder bei dem Tochterunternehmen, dem Bundesnachrichtendienst, als Spione bewerben.

Auch Baden machte in dem benannten Sommer keinen Spaß. Also das Baden an sich schon, aber die Zeit dazwischen, in der der ganze Körper nicht mehr durch feuchtes Wasser geschützt war, war gar nicht amüsant. Ich fühlte mich jedes Mal als Blutbar für die saugenden Insekten, die wirklich jede Körperstelle fanden um ihren Rüssel anzusetzen. Und ich meine JEDE

Körperstelle. Es kommt bei den meisten Menschen zu Irritationen und Abwendungserscheinungen, wenn man dann an den betroffenen Körperstellen mittels Kratzen versucht den Juckreiz zu unterbinden.

Ich bin im Grunde ein tierliebender Mensch und versuche erst einmal in Frieden mit allen anderen Lebewesen auszukommen. Ich sage: „Tu mir bitte nichts!". Das klappt oft recht gut, bei Eisbären zum Beispiel. Bis jetzt hat mich noch kein Eisbär angeknabbert oder gar runtergeschluckt. „Ja, ist klar!", wird sicher manch' einer sagen, „Die sind ja auch weit weg." Das ist schon richtig, dennoch hat es bis jetzt geholfen - zumindest was die Eisbären betrifft.

Mein Mückisch scheint nicht so gut zu sein. Vielleicht bekomme ich die hohen Sirrtöne nicht so akkurat hin. Jedenfalls scheinen mich diese Flugtiere nicht zu verstehen oder sie wollen mich nicht verstehen. Das geht mir öfter so und nicht nur mit Mücken.

Wenn ich mich irgendwann mit diesen Plagegeistern verständigen kann, werde ich ihnen ein oder zwei andere, mir unliebsame Personen empfehlen, die sie als laufende, stehende, sitzende oder liegende Bluttankstelle verwenden dürfen.

Ich schließe mich mit meinem Ungemach gegen alle sich in der Umgebung befindlichen Mückentiere der Mehrheit der Mückenfeinde an.

Und wem hatten wir den Mückensommer zweitausendsiebzehn zu verdanken?

Den inkontinenten Wolken.

Italienische Sonntagsbegegnung

Meine erste unschöne Erfahrung mit einem Italiener ereignete sich in dem zarten Knabenalter von etwa zehn Jahren an einem Sonntagmorgen so gegen acht Uhr. Es kann auch fünfeinhalb Minuten nach acht gewesen sein. So genau weiß ich das nach einigen Jahrzehnten Zeit dazwischen nicht mehr. Ich war wach, meine Eltern nach meinem Besuch im Schlafzimmer dann auch. Um noch etwas Ruhe von mir zu haben, erteilte mir mein Vater eine Arbeitsaufgabe. Um diese Aufgabe zu erfüllen, musste ich das Haus verlassen und hinaus in einen schönen Sommersonntagssonnenscheinmorgen schreiten. Ein Schlafanzug und ein Bademantel begleiteten und bekleideten mich dabei. Ich ging in den hinteren Teil unseres Gartens, in dem sich ein Gatter und ein Stall befanden. Meine Aufgabe bestand darin, die Stalltür zu öffnen und die darin befindlichen Federwesen in die begrenzte Freiheit des umzäunten Geländes zu entlassen. Als ich nun die knarzige Stalltür öffnete, kam mir ein Italiener entgegen geflogen. Er hatte vorher einen wesentlich höheren Standpunkt als ich und wollte diesen nun in mein Gesicht verlagern. Mein erschrockenes Zurückweichen verhinderte dies, sodass er an meiner Brust landete. Seine Krallen fanden jedoch keinen Halt an dem Bademantel, auch an dem Schlafanzug nicht und nicht einmal an meiner Haut. Sein Bemühen hinterließ indessen schmerzhafte Striemen, weshalb ich keine Lust hatte, ihn den Versuch ein zweites Mal wiederholen zu lassen. Ich drehte ihm den Rücken zu und flüchtete in Richtung Gehegeausgang. Der Italiener versuchte nochmal eine Landung auf meinem Po, allerdings war auch diese Unternehmung für ihn nicht erfolgreich. Schließlich erreichte ich die Pforte, öffnete sie und schlug sie sofort hinter mir zu. Es folgte jedoch kein Geräusch, so wie es sich anhört, wenn Holz auf Holz trifft. Ein seltsames Gurgeln war zu hören. Dieses von mir akustisch aufgenommene Klangereignis war mir fremd. Aus Neugier über die Entstehung dieses seltsamen Tones drehte ich mich um und sah mit ungespieltem Entsetzen, dass der Hals des Italieners das vollständige Zuschlagen der Gattertür verhindert hatte. Um einen Mord meinerseits zu verhindern, wenn es dafür nicht schon zu spät war, öffnete ich die Tür wieder ein ganz kleines bisschen, sodass sich der Gefangene rückzügig befreien konnte. Allerdings muss sein Gleichgewichtssinn Schaden genommen haben, denn er torkelte etwas und gab dabei ein paar mühsam hervorgebrachte krächzende Laute von sich.

Zu meiner und meiner Eltern Beruhigung ist er auch in den nächsten Tagen nicht abgenibbelt. Bei unseren folgenden Begegnungen hatte er wohl keine Lust mehr auf eine Wiederholung des Erlebnisses und ließ mich fortan in Ruhe. Irgendwann ereilte ihn dann doch der Fallbeiltod und wir ließen uns diesen Hahn, der italienischen Hühnerrasse zugehörig, an einem Sonntagmittag gut schmecken. Mit einigen Umwegen über Mund, Magen und Darm hatte dieser Italiener dann doch noch eine für ihn nicht so günstige Begegnung mit meinem Hinterteil.

Geburtstag

Na das ist ja so eine Sache mit dem Geburtstag, die gewöhnlich jeder Mensch schon mal erlebt hat. Einige Menschen haben da ganz besondere Erfahrungen. „Ja, also als ich mal Geburtstag hatte…"

Es gibt Menschen, die legen sehr viel Wert darauf, dass Leute feststellen, dass sie nicht so alt sind wie sie sind. Und wenn man sich bei jemandem so richtig einschleimen will, sagt man halt solche Dinge wie: „Ach was, du bist schon sechzig? Also ich hätte dich glatt auf dreißig geschätzt, wenn ich meine dunkelste Sonnenbrille auf habe." Ne, den letzten Teil denkt man sich natürlich nur. Man freut sich ja mit dem anderen, dass der sich freut, dass man ihn so erfolgreich belogen hat.

Dann gibt es so Geburtstagswegmarken. Das geht schon bei den Kleinen los.

Ein Jahr.

„Ach Gottchen, ein Jahr ist das Mäxchen schon. Nein, wie doch die Zeit vergeht. Da dreht man sich einmal um und schon ist der Bub erwachsen."

Sechs Jahre.

Das ist ja so ungefähr die Zeit, in der die Kinder einge-schult werden.

„Was, sechs Jahre bist du schon? Na wirst schon sehn', jetzt fängt der Ernst des Lebens an."

Ja, das mag sein. Manch ein Ernst fängt dann sein Le-ben so richtig an. Da wird schon mal von einem Viert-klässler die Zigarette ausprobiert. In der Klasse setzt man sich neben das schönste Mädchen nur um Erfah-rungen zu sammeln und um später im Biologieunter-richt aus der Praxis referieren zu können.

Vierzehn Jahre.

Das ist gleich eins und sechs zusammen mal zwei. Ja jetzt mit Vierzehn wird man in den Kreis der Erwach-senen aufgenommen. Schließlich und endlich wäre man als Mädchen in anderen Religionen und oder Staaten schon längst verheiratet. Da kann man mit vierzehn schon erwachsen sein. In deutschen Landen erntet man von seinen Eltern vorwurfsvolle Blicke, wenn einem als vierzehnjähriger ein Kondom aus der Hosentasche fällt. Aber selbstverständlich fängt ja mit vierzehn auch der Ernst des Lebens wieder an. Es ist schon eine ernste Angelegenheit, wenn man in seiner Klicke gestehen muss, dass man noch keine Erfahrungen im Trinken, Rauchen und Vögel beobachten hat.

Achtzehn Jahre

Und was soll ich Euch sagen? Na, jetzt fängt der Ernst des Lebens so richtig an. Jetzt muss man ja auf den eigenen Beinen stehen. Und jetzt ist man auch wieder erwachsen. Zumindest in diesem Punkt gibt einem das Gesetz Recht. Also vielleicht stimmt's ja sogar?

Zwanzig Jahre

Bei einigen dämmert es bereits, dass sie die Kinderschuhe langsam aus dem Schuhregal nehmen können.

Mit zwanzig fühlt man sich den Achtzehnjährigen auch schon weit überlegen. Die Teenagerzeit liegt weit weit hinter einem. Und es ist einfach nicht wahr, dass ich vor drei Jahren von der Disko sturz betrunken und ohne Hosen nach Hause kam.

Fünfundzwanzig Jahre

Spätestens hier spalten sich die Interessen der Männer und Frauen. Während die fünfundzwanzigjährigen Männer glauben, der gebrauchte VW, den sie von Vatern geschenkt bekommen haben, müsste jetzt ganz schnell gegen einen nigelnagelneuen BMW getauscht werden, stehen die fünfundzwanzigjährigen weiblichen Menschenwesen in der Schönmachabteilung des örtlichen Einzelhandels vor der Antifaltencreme. Ich sag' nur „Vierteljahrhundert!"

Dreißig Jahre

Bei den Damen fängt jetzt die Midlifecrisis an. So langsam wächst die Erkenntnis, dass sich die Jugendzeit verabschiedet hat. Jetzt ist man plötzlich so alt, wie die, die man schon immer für alt gehalten hat. Die Alten. Also die alten Eltern. Die Herren wundern sich nur, dass sie nicht mehr in ihren Jugendweihe- oder Konfirmationsanzug reinpassen.

Vierzig Jahre

Einige Männer bemerken keinen Unterschied zu einem Zehnjährigen. Sie spielen immer noch gern mit der Eisenbahn des Sohnes oder ziehen sich einen Lendenschurz unter den wohlgeformten Bauch um als Freizeitindianer über die Prärie zu hüpfen. Bei den Frauen ist mit vierzig das Leben eigentlich schon gelaufen. Der Prinz, auf den sie immer gehofft hatten, wird sich jetzt bei einer so mittelalterlichen Dame wohl nicht mehr einfinden. Neben der Antifaltencreme stehen nun auch schon der Rasierapparat und weitere Alterungsschutzmittelprodukte im Badregal.

Fünfzig Jahre

Richtig stolz kann Mann und Frau jetzt sein, wenn er oder sie liebevoll von seinen oder ihren älteren Verwandten und Freunden in den Club der alten Säcke aufgenommen wird. Wenn man sich früh vor den Spiegel fest hinstellt, stellt man fest, dass die enormen Ausgaben für die ganzen Altwerdenverhinderungsmittel an sich umsonst waren. Also nicht finanziell für den Stylingberater, dafür aber an der eigenen Physis. Das Geld könnte man jetzt gut für die „Dritten" gebrauchen.

Sechzig Jahre

„Geschafft" kann man getrost sagen, wenn man bis hierhergekommen ist, den Widrigkeiten unserer Konsumgesellschaften ausgesetzt zu sein und dennoch überlebt zu haben. Es gibt von den lieben Mitmenschen dann so tröstende Sprüche wie: „Du bist nicht sechzig, du bist achtzehn mit zweiundvierzig Jahren

Erfahrung." Jetzt beginnt das Alter, in dem man sich die Sprechzeiten aller möglichen Ärzte unterschiedlichster Waffengattungen aufschreibt oder im Handtelefon abspeichert. Es ist die Zeit, in der man am nächsten Tag bereut, wenn man sich am Vortag wie ein Zwanzigjähriger verhalten hat. Langsam sollte man sich auch entscheiden, ob man der Altersturheit anheimfällt oder die Altersweisheit in sich einziehen lässt, durch die man lernt, mit den Nachteilen des Altwerdens kreativ umzugehen.

Siebzig Jahre

Über diese noch sehr ferne Zeit, kann ich keine eigenen Erfahrungen beisteuern. Daher ist hier Ende – vorerst.

Willkommen in der Welt der Erwachsenen

Eine Festtagsrede zum 18. Geburtstag

Liebe Tochter,

nun da du das Tor zum Erwachsenendasein durchschritten hast und dich über deine neu gewonnenen Freiheiten freust, möchte ich dich aufklären ...

... über die Freiheiten die dich jetzt erwarten.

Du bist jetzt Volljährig. Und das zu Recht. Zu finden ist dieses Recht in § 2 des Bürgerlichen Gesetzbuches vom 18.08.1896.

Ja, ja schon damals im deutschen Kaiserreich hat man an deinen achtzehnten Geburtstag gedacht. Na nicht ganz, denn damals galt man erst mit 21 Jahren als erwachsen. Die nachfolgenden Politiker haben das dann sicher auch in deinem Sinne korrigiert.

Aber immerhin gab es damals auch schon eine Krankenversicherung.

Ach ja, die Krankenversicherung. Auch eine neue Freiheit. Jetzt darfst du nämlich in der Apotheke 5 (in

Worten fünf) Euronen für Pillen bezahlen. Unser Gesetzgeber hat sich dies ausgedacht um die Eigenverantwortung der Versicherten zu stärken, also auch deine. Ist doch nett von ihm, nicht wahr?

Eine ganz wichtige Freiheit: Du kannst jetzt shoppen gehen bis zum Umfallen. Du bist jetzt nämlich auch voll und zwar geschäftsfähig. Das heißt, du kannst selbst ohne dass „Aber" deiner Eltern Verträge schließen, für die du so ganz nebenbei natürlich auch selbst einstehen musst. Hier schon mal ein kleiner Vorgeschmack:

In § 433 BGB werden die vertragstypischen Pflichten beim Kaufvertrag erklärt.

Durch den Kaufvertrag wird der Verkäufer einer Sache verpflichtet, dem Käufer die Sache zu übergeben und so weiter und so weiter ...

Ich empfehle dir das intensive Studium der paar hundert Paragrafen im BGB zum Vertragsrecht - so etwa von § 433 bis § 1104 BGB - um den Handelsvertrag zwischen dir und der Bäckereifachverkäuferin rechtlich einwandfrei abwickeln zu können. Wenn du dabei etwas vergeigst, mach dir nichts draus. Denn da kommt gleich noch eine neue Freiheit ins Erwachsenenspiel.

Gem. § 828 Abs. 3 BGB bist du jetzt über Nacht sozusagen zu der Einsicht gekommen, dass du dir über die Tragweite eventuell schädigender Handlungen voll bewusst bist. Du bist nämlich jetzt deliktfähig.

Und der Richter ist jetzt fähig dich nach Erwachsenenstrafrecht zu verurteilen. Wenn dem so ist, kannst du stolz auf dich sein und deine Eltern natürlich auch. Dann meint nämlich das hohe Gericht, dass deine Erziehung voll abgeschlossen ist und du jetzt nur noch bestraft werden musst.

Falls du mal Schmiere stehen musst, kommt eine weitere Freiheit ins Spiel: Du darfst jetzt in der Öffentlichkeit rauchen. Übrigens auch in anderen Situationen. Aber natürlich nur da, wo es nicht verboten ist.

Und wenn du für die Besorgung des Fluchtautos zuständig bist, denke daran, dass du nicht ohne Fleppen, sprich ohne Fahrerlaubnis, erwischt wirst. Du hast nämlich jetzt ohne Beschränkungen die Möglichkeit den Führerschein der Klasse A, A1, A2, B, BE, C1, C1E, C und CE zu erwerben und zum Führer zu werden ...

... eines Kraftfahrzeuges.

Wenn wir schon einen Besuch der Justizvollzugsanstalt (JVA) in Erwägung ziehen, sei noch eine andere Freiheit genannt: Du kannst dir jetzt eine Waffe anschaffen. Das heißt, du kannst jetzt endlich mit dem Küchenmesser auf die Straße gehen. Vorher musst du allerdings noch ein paar Anträge ausfüllen und dir dieses in § 4 Abs. 1 des Waffengesetzes dokumentierte Recht von der Polizei nochmal bestätigen lassen.

Sollte dir vor diesem Abenteuer noch etwas flau im Magen sein, dann hast du jetzt die Freiheit dir vorher noch eine Flasche Branntwein zu erwerben oder auch mehrere. Das war vorher zwar auch möglich bei Verkäufern die schon mal zwei Augen zudrückten, Recht war es aber nicht.

Nun wir wollen doch lieber an die schönen Sachen denken, zum Beispiel an Pornos. Beim Videoverleih oder im Kino darfst du dir jetzt auch die ganz harten Dinger ... äh Filme angucken, auch wenn der Verleiher oder Kartenabreißer nicht blind ist.

Nun kommt noch ein ganz kleines, eigentlich winziges Problemchen. Zum Shoppen, fürs Kino und für die

Nackt- ... äh ich meine Nachtbars braucht man ein wenig Geld. Hier in unserem deutschen Land ist die herrschende Währung der Euro. Falls du keinen längeren Aufenthalt in einer Justizvollzugsanstalt vorsiehst, bleiben zum Erhalt der notwendigen finanziellen Mittel zwei Wege: Ein schöner Weg und ein unschöner Weg. Der unschöne, unbequeme Weg heißt Arbeit! Das bedeutet, du musst irgendjemandem deine Arbeitskraft geben. Du bist dann also ein Arbeitskraftgeber und der, der sich deine Arbeitskraft nimmt, ist der Arbeitskraftnehmer. Du bist natürlich der bzw. die Bessere von euch beiden, denn es steht ja schon in der Bibel geschrieben: „Geben ist seliger denn nehmen." Leider geht das auf Kosten deiner Freizeit, dafür hast du aber jetzt mit Erwerb der Rechte einer Achtzehnjährigen auch die Freiheit deinem Arbeitskraftnehmer mehr als nur vierzig Stunden die Woche von deiner wertvollen Freizeit zur Verfügung zu stellen. Wow, diese Freiheit ist schon besonders wertvoll.

Für deine produktiven Erzeugnisse erhältst du als Gegengabe die ersehnten Euros. Also ich meine, wenn der, der dich bezahlen soll, auch das Geld dafür hat. Wenn er es nicht hat, weil er Wichtigeres damit vorhat, empfehle ich dir zum Trost dich an das oben aufgeführte Bibelwort zu erinnern und zu hoffen, dass der Typ, also dein Chef, sicherlich etwas Gutes für sich damit getan hat.

Nun kommen wir aber zu dem schönen Weg des Gelderhalts.

Ja, man muss sich das Geld nicht unbedingt verdienen, man kann es auch einfach so erhalten. Vorbilder und Beispiele findest du überall um dich herum: Politiker, Banker, Manager, Räuber, Erpresser und Finanzämter.

Als weitere Möglichkeit steht dir jetzt in einigen Bundesländern der Weg in die Spielcasinos offen um zu zocken. Falls du dir erst noch Geld zum Zocken von einem reichen alten Knacker besorgen musst, kommt dir eine andere neu hinzugewonnene Freiheit zugute, welche sich ergibt aus dem Gesetz zum Schutz vor nichtionisierender Strahlung bei der Anwendung am Menschen (NiSG).

Nein, ich meine dabei nicht, dass man (wer auch immer) eine Atombombe ganz legal über dir oder unter dir oder neben dir zur Explosion bringen darf. Das ging natürlich auch schon vorher, wie ein Blick in die Geschichte der USA zeigt.

Laut dem im NiSG vorhandenem Paragrafen 4, darfst du nun Solarien benutzen um dem vorgenannten reichen alten Knacker noch brauner und damit noch angenehmer und begehrenswerter zu erscheinen.

Aber es geht auch ganz legal, das Gelderhalten. Die Formel dafür:

Unterhalt von den Eltern nach den Paragrafen 1601 fortfolgende BGB. Solange du noch deiner gesetzlichen Schulpflicht nachkommen darfst, dich in einer allgemeinen Schulausbildung befindest, noch unter einundzwanzig Jahre alt bist und auch noch in der Bude deiner Eltern hockst, ich meine wohnst, bist du privilegiert. Ja, du bist privilegiert vor allen anderen, die Geld von deinen Eltern haben wollen. Kommt der Pfänder an die Tür, muss er sich erst bei deinen Eltern erkundigen, ob du auch mit allem Nötigen versorgt bist. Auch andere unterhaltsberechtigte Anverwandte müssen sich anstellen und zwar hinter dir.

Einen kleinen Wermutstropfen hat das Ganze aber dennoch für dich:

Nach Paragraf 1619 BGB ist das Kind, also du, nämlich verpflichtet, solange es dem elterlichen Hausstand angehört, den Eltern in ihrem Hauswesen und Geschäft Dienste zu leisten. Um es also mal salopp zu sagen: „Kein Abwasch, keine Kohle!" Ich erinnere in diesem Zusammenhang an die oben schon erwähnte Freiheit, dass du dich nun auch mehr als 40 Stunden die Woche an der Haushaltsarbeit beteiligen darfst, ohne dass sich deine Eltern dem Vorwurf der Ausbeutung in Form von Kinderarbeit aussetzen lassen müssen.

Noch etwas, wie schon Karl Valentin sagte: „Jedes Ding hat drei Seiten, eine positive, eine negative und eine komische." Die komische Seite daran ist, dass sich die Unterhaltspflicht umdreht, wenn du zu Reichtum und Vermögen gelangt bist und deine Eltern arm und gebrechlich sind. Nur, deine Eltern brauchen dann nicht für dich abwaschen.

Apropos Schule:

Deine Krankmeldungen musst du künftig nicht mehr durch Papa oder Mama unterschreiben lassen. Du brauchst sie auch nicht mehr zu fälschen, die Unterschrift. Du darfst sie selbst persönlich und ganz legal mit deinem Namenszug versehen. Auch die Sechser bleiben künftig dein Geheimnis, sowohl die im Lotto, als auch die in der Schule.

Apropos Unterhalt:

Du kannst jetzt auch ohne die Erlaubnis von Richter oder Eltern den jungen, hübschen, reichen Mann deiner Wahl heiraten, der dann für dich anschaffen geht. Also das Geld für deinen Unterhalt herbeischafft.

Wenn du mit dem ganzen System nicht einverstanden bist, hast du jetzt die Freiheit dir ein neues herbei zu wählen. Das geht! Denn du besitzt das aktive und das passive Wahlrecht. Du kannst jetzt endlich die Partei deines uneingeschränkten Vertrauens wählen. Wenn du selbst gewählt werden möchtest, geht das auch. Für die Wahl zum Bundespräsidenten musst du aber noch ein paar Jahre warten, so circa ungefähr genau zweiundzwanzig.

Wie du siehst gibt es jede Menge angenehme Freiheiten, die du jetzt ab deinem vollendeten achtzehnten Lebensjahr in Anspruch nehmen kannst.

Drum lass uns anstoßen.

„Auf dich liebe Tochter und auf dein neues Leben in der Welt der Erwachsenen."

„Na dann Prost!"

PS.: Die hier angeführten Paragrafen sind frei erfunden. Jede Ähnlichkeit mit realen Gesetzesnormen wäre rein zufällig und nicht beabsichtigt. Diese Festtagsrede stellt keine Rechtsberatung dar.

Die Entwicklung der Menschheit

Wenn man Geschichten schreiben möchte, dann muss man sie erleben, die großen und die kleinen oder wesentlich ungefährlicher, von anderen erleben und dann erzählen lassen.

Nun die Entwicklung der Menschheit ist eher keine kleine Geschichte – also doch schon etwas größer. Und ich habe das Glück dabei zu sein, als Beobachter und so richtig als Miterleber.

Ich werde mich im Folgenden diesem hochgeistigen philosophischen Thema widmen. Hallo, die Promovierung ruft!

Wenn ich dieser Tage auf der Straße entlang gehe, also so richtig zu Fuß, dann begegnen mir immer mehr Leute, die nicht mehr in der Gegend herumgucken oder den Straßenverkehr beobachten, sondern auf ein kleines Gerät in ihrer Hand starren. Dabei sind sie etwas vornübergebeugt. Ich denke, wenn jetzt ein Stein ihren Fortgang abrupt abbremsen würde, würden sie sich wahrscheinlich auf ihr Gerät legen und auf den Fußweg noch dazu. Oder ein Pfahl taucht plötzlich vor ihnen auf. Das Plastikteil in ihrer Hand hätte nur wenig Dämpfungsfunktion. Oder eine Querung mit stärkeren fahrenden Maschinen käme ihnen unerwartet in den Weg. Von links eine gedonnert gekriegt und im Krankenhaus mit vielen piepsenden Geräten um einen herum wieder aufgewacht und nach einer gewissen Besinnungszeit darauf hoffend, dass die Geräte auch weiter piepsen.

Ich denke, dass diese kleinen Handgeräte einen evolutionären Sprung in der Physis des Menschen hervorrufen werden. Da die jetzige Unvollkommenheit der Menschheit, gleichzeitig dieses Handgerät zu bedienen und auf die Umgebung zu achten, die Menschheit in ihrer ganzen Existenz gefährdet, muss eine Umformung des menschlichen Körpers stattfinden. Die jetzigen Daumen entwickeln sich zu dünnen aber äußerst beweglichen Tentakeln, mit denen man schnell und treffsicher jede Stelle auf der Eingabefläche des digitalen Handgerätes erreichen kann. Zum Hammer halten wird so ein Tentakel dann nicht mehr taugen. Aber was soll's! Man kann sich ja einen Menschen mit dem Handkommunikationsgerät herbeirufen, der so eine archaische Tätigkeit noch ausführen kann. Und wenn der die eigene Sprache nicht versteht, weil er aus einem entfernten Land kommt, kein Problem: der Universalübersetzer in der Handplastikschachtel bietet seine Dienste an.

Bis dem Menschen ein zusätzliches Paar Augen gewachsen ist, welches unabhängig von dem anderen Paar die Umgebung nach Gefährdungsstellen oder anderen Schönheiten absuchen kann, wird sich mit einer zusätzlichen Kopfkamera beholfen, welche die Umgebung im dreihundertsechzig-Grad-Blick hat und via Internet über Satelliten, nicht ohne vorher von NSA und BND und anderen interessierten Institutionen abgeguckt zu werden, schließlich und endlich auf dem Bildschirm des handlichen Bit- & Bytegerätes landet.

Soweit, aber noch nicht so gut. Eine Sache fehlt noch. Diese ständige Vornübergebeugtheit führt unweigerlich zu Rückenschmerzen. Den Geldbörsen der Orthopäden und Physiotherapeuten wird das gefallen – ist aber nicht zielführend. Machen wir's den Affen nach. Das kann ja nicht so schwer sein. Einige Menschen üben sich bereits auf andere Art und Weise darin. Um nicht nach vorn zu fallen, stützen sich die Affen mit ihren vorderen Extremitäten, also Händen und Armen ab. Ich denke, hier sollte man auf die intelligenten

Entwicklungen im Tierreich und den Erfindungsreichtum der Sanitätshausbelieferer zurückgreifen und Abstützprothesen basteln lassen.

Leider bin ich im Zeichnen nicht so gut. Vielleicht könnte mir ja ein begabter Stiftjongleur dabei helfen dieses prognostisch so wie beschrieben aussehende Menschenwesen zu zeichnen und für meine Doktorarbeit kostenfrei zur Verfügung zu stellen.

Das Fazit meiner Betrachtungen:

Die Menschheit wird die Herausforderungen der digitalen Welt mit eigenen körperlichen evolutionären Entwicklungen bestehen.

Endet hier.

Die nun folgende Geschichte hat die kurze und knappe Überschrift:

Die Rolle der Musik in meinem Leben mit näheren Betrachtungen auf meine Jahrtausendwende übergreifenden Erfahrungen in dem nun folgenden zweistündigen Vortrag

Eine Geschichte über Musik zu schreiben fällt mir nicht so unschwer. Und dann soll sie auch noch nach dem von mir selbst erhobenen und an mich gestellten Anspruch amüsant sein.

Irgendwann in grüner Vorzeit ist den Menschen aufgefallen, dass man die vertikale Lage des Kehlkopfes verändern und dadurch kontrolliert oder unkontrolliert eine Stimme erzeugen kann. Das Ganze mit einer Melodie versehen ergibt Musik.

Musik und Amüsement, passt das zusammen? Melodische Musik soll den Verstand umgehen und die Seele erreichen. Zuerst trifft sie allerdings auf ein Sinnesorgan.

Musik liegt bekanntlich immer im Ohr des Zuhörers. Und das auch manches Mal ziemlich laut. Also vor der Seele kommt erstmal das Ohr.

Meine bisherigen Klangwellenbegegnungen sind gar mannigfaltig und nicht immer wohlstimmend gewesen.

Ich erlebte beispielsweise Musik, die auf der Straße entlang fuhr, umgeben von einer Blechkarosse und regiert von einem Drängler. Dieser Musik-durch-die-Gegend-Fahrer war voll davon überzeugt, dass sein Musikgeschmack genau derselbe sei, wie der von hunderten Menschen, die sich auf der Straße bewegten und in den umgebenden Häusern aufhältig und ohrenzuhältig waren. Verzerrte Minen dieser hörigen Bürgerinnen und Bürger kündeten davon, dass der Musikaufdrängler sehr wahrscheinlich irrte. Daher kann man solche Leute auch als Irrfahrer bezeichnen.

Als unschuldiger Knabe im zarten Kindergartenalter hatte ich meine ersten bewussten Musikerlebnisse. Eine Erzieherin mit lieblicher Stimme zauberte aus ihrem Mund Kinderlieder hervor, die mich offensichtlich davon überzeugen sollten, dass Musik an und für sich doch eine positive Sache wäre. Sache ist wohl der falsche Ausdruck, denn Sachen kann man anfassen, Musik eher nicht.

Aus meiner Erfahrung, die immerhin schon aus dem vorigen Jahrtausend stammt, kann man Musik in mehrere Kartons oder Schubladen oder oft auch in Boxen packen.

Es gibt Klangwellen, die allein durch mehr oder weniger rhythmisches Zusammenschlagen der Stimmbänder entstehen und dem verehrten Publikum zu Gehör gebracht werden. Sollte das den Geschmack der Zuhörer nicht treffen, kommen verschiedentliche Geräte mit denen Töne erzeugt werden, zur Anwendung, die die Hörer treffen sollen. Beide Varianten kann man getrennt voneinander, aber auch in Kombination miteinander anwenden. Sofern die wie auch immer erzeugten Klänge nicht den Geschmack des Hörers treffen, wird für das Ergebnis ein Wort verwendet, welches mir außerordentlich gefällt: Kakofonie. Nein, dieses Wort bezeichnet nicht das Lied, welches vielleicht bei größeren geschäftlichen Tätigkeiten, durch lautes Stöhnen unterbrochen, auf der Toilette gesungen wird. Kakofonie bezeichnet Geräusche, die besonders unästhetisch, hart oder unangenehm klingen. Es ist nicht so, dass nur die Musik der heutigen Jugend von der älteren Generation als kakofon bezeichnet wird. Schon Richard Strauß und Dimitri Schostakowitsch mussten sich diese Vorwürfe gefallen lassen.

Vergeblich habe ich das WaffG, also das Waffengesetz, nach dem Wort Musik durchsucht. Dass Musik als Waffe oder gar als terroristisches Mittel eingesetzt werden kann wissen nicht nur Eltern von pubertierenden Jugendlichen, das wussten bereits Völker lange vor unserer Zeit. Kriegsgesänge der Indianer oder das Lied zu dem bekannten Hakatanz der Maori sind Beispiele dafür. Ein untergründiges Erlebnis soll das verdeutlichen. Vor einiger oder zweiiger Zeit fuhr ich mit der U-Bahn durch die Berliner Unterwelt.

Ich hatte Glück. Ich hatte einen Platz besitzen können. Meine glücklichen Gedanken wurden jedoch baldigst verjagt. Mir gegenüber saß ein junger Mann, sein Gesicht hinter einem Bart versteckt, der sein Handy zu einer Verstärkeranlage und seine Kopfhörer zu Lautsprecherboxen geupgraded hatte. Aus Letzteren erklangen seltsame arabische Töne. Links neben mir saß ein Teenager, der als Lautstärken- und Musikrichtungskonkurent mit Hardrock gegenpowerte. Auf meiner rechten Seite hatte eine mittelalterliche Dame eine U-Bahnsitzung. Auch sie hatte zwei Stöpsel in ihren Ohren, welche mit einem MP3-Player verkabelt waren. Lautstärkemäßig konnte oder wollte sie mit Arabien und Hardrockien nicht mithalten. Dennoch vernahm ich in meinem rechten Ohr deutsche Schlager- und Volksmusik. Ich glaube Helene Fischer und die Wildecker Herzbuben erkannt zu haben. Die verschiedentlichen lautstarken Geräusche hatten erfolgreich mein Glücksgefühl verscheucht. Eine Lösung musste her. Ich überlegte die Handys miteinander zu verkabeln und ein Mischpult dazwischen zu schalten. Ich hatte aber gerade keins dabei. Der Versuch meine Ohren umzuklappen schlug leider auch fehl. Flucht war die einzige Rettung. Ich stieg am nächsten Bahnhof aus und wartete auf die folgende Bahn in meine Richtung. Geschafft, ich hatte die drei verschiedenen Musikrichtungen vor mir gelassen und mich dahinter. Genau drei Minuten dahinter. In der nächsten U-Bahn war es schon wesentlich entspannter. Einen Sitzplatz hatte ich zwar nicht mehr, dafür aber Livemusik. Ein etwas älterer Herr spielte auf einem Akkordeon und sang dazu ein Lied über eine gewisse Kalinka.

Hier kommt ein Bruch und Rückblick in meine Teenagerzeit. Ich war absolut begeistert von einer liebreizenden schwedischen Schlagersängerin mit langen blonden Haaren, Nina Lizell. Sie konnte singen was sie wollte, es war alles wunderschön. Allein ihr Anblick versüßte jeden Ton, den sie hervorbrachte. Ich kann mir daher nicht erklären, wie es die Wildecker Herzbuben schaffen, so viele Fans zu haben.

Nach einer Portion Tanzmusik kann man eigentlich nicht falsch liegen. Auch wenn man vorher noch den tänzerischen Akt neben sich ergehen lassen muss. Wir hatten auf einer Kennlernfahrt zur Ostsee Anfang der neunten Klasse einen Diskoabend. Die Lautsprecher gaben einen langsamen Song von sich – einen Schmusesong. Er nannte sich damals „JE T'AIME". Ich glaube, er heißt heute noch so. Ein junger Kerl der ich damals war, dicht an einem jungen Mädchen – ja das brachte Freude.

Allerdings, wenn der Sommerabend so richtig warm ist und man mehr als nur eine kesse Sohle aufs Parkett gelegt hat, konnte die Aktion sehr schnell zu einem anrüchigen Musikerlebnis werden. Es wurden Körpersäfte ausgetauscht: Transpirationsergüsse und Mundsäfte und ... was keinen sonst was angeht.

Als ich in der realen Welt ankam, sang ich selbst. Ja tatsächlich, ich war einst ein Chornichtmehrknabe. Wir sangen Lieder vom Moor und von Grabwerkzeugen und um die Schwierigkeit zu erhöhen marschierten wir im Gleichschritt immer auf einem Betonplatz im Kreis herum. Das Amüsement hielt sich dabei irgendwo versteckt. Keiner konnte es entdecken.

Allerdings gab es von dieser Art der gesangmoralischen Vorbereitung auf den dritten Weltkrieg auch Freizeiten, in denen ich in einer echten Band meine Stimmbänder melodiös ertönen lassen konnte. Bei einem Wettbewerb zwischen mehreren Musikbanden am „Hölzernen See" konnten wir den second place, also den zweiten Platz erringen. Der „Hölzerne See" musste danach an einem warmen Sommerabend unsere Zweitsiegerfeier ertragen. Eine nackte Soldatenband, die literweise Sekt in sich, über sich und in den See schüttete. Bitte nicht ekeln. Im vorigen Jahrtausend war ich noch jünger, wehrhaft durchtrainiert und der Schwerpunkt meines Körpers war nicht der Bauch, sondern – ach ist auch egal.

Die Sangesfreuden blieben mir auch nach der Armee-
zeit erhalten. Allerdings änderte sich die Art der Lieder, die ich stimmlich von mir gab. Gesang in der Art
der nordamerikanischen Ureinwohner ist nicht immer
melodiös und harmonieausstrahlend. Daher ist das
Publikum meist sehr sortiert in Fans und in Menschen
die dieser Musik ungewollt ausgesetzt werden und
keine Fluchtmöglichkeit haben. In Auswertung der
Gespräche mit den von mir interviewten Mitmusiker-
leberinnen und Musikerlebern trifft diese Tatsache
nach herrschender Meinung auf jede Art von Musik
zu.

Ich bin dennoch zuversichtlich, dass Musik für die
meisten Hörer ein positives und freudiges Klangerleb-
nis ist.

Ein wissenschaftlich fundierter Songtext meint, dass
Musik froh und munter macht und das angeblich in
jedem Jahr zur Weihnachtszeit.

In diesem Sinne: Mögen viele erfreuliche Klangwellen
ihre Ohren erreichen.

Weihnachten

Es gibt schon so viele Weihnachtsgeschichten, dass eine mehr wirklich nicht nottut.

Aber diese traumatische Aufregung in der Vorweihnachtszeit muss ich einfach für mich verarbeiten. Sie müssen jetzt eben an meiner therapeutischen Behandlung teilnehmen.

Meine jüngste Tochter las diese Geschichte als erste Nicht-Ich-Person. Sie war etwas enttäuscht über die Dunkelheit, welche die folgende Geschichte ausstrahlt. Aber einem bevorstehenden Ableben zur Weihnachtszeit amüsantes einzuhauchen ist nicht so einfach und führt bei der Zuhörerschaft oder Leserschaft nicht unbedingt zu Verständnis.

Weihnachten steht vor der Tür. Wollen wir es rein lassen?

Die Frage ist rein rhetorisch. Ich erwarte darauf auch keine Antwort. Ein „nein" wird sowieso nicht akzeptiert.

Man kann dem Weihnachtsfest nicht entgehen. Es überkommt einen in den Einkaufscentren gleich nach dem Ende der Herbstdekoration, also im Oktober oder manchmal schon Ende September. Weihnachten soll ja ein Fest der Besinnlichkeit sein. In der Tat besinnen sich viele Menschen vorher darauf, dass sie noch keine Geschenke für ihre Liebsten haben, noch nicht wissen, welchen Braten es an den Feiertagen geben soll und ob man den ersten oder den zweiten Weihnachtsfeiertag zu den Schwiegereltern geht. Diese Besinnlichkeit erregt oft die Gemüter. Das Weihnachtsfest, welches ja auch ein Fest der Liebe sein soll, entwickelt sich zu einem verbalen Kriegsschauplatz.

Gestritten wird sich schon darüber, dass einige Menschen sagen: „An Weihnachten." Mir kräuseln sich die Fußnägel nach oben. Für mich ist klar, dass es „zu Weihnachten" heißt. An diesem Thema könnte man sich aufreiben. Oder zu diesem Thema könnte man sich aufreiben?

Ich denke, der der das Lied „Lasst uns froh und munter sein" ersonnen hat, hat wohl nie echten Vorweihnachtsstress miterlebt, sonst wären ihm die Worte in der Feder stecken geblieben. Er hätte ja auch dichten können: „Nun lasst uns endlich nach all dem Mühsal und Stress abschalten und ausschlafen." Aber das hört sich wahrscheinlich gesungen nicht so gut an.

Weihnachten ist das jährliche Ereignis, an dem Nachbarn miteinander um die höchste Stromrechnung konkurrieren. Sie reihen bunte Lämpchen in vollkommener Disharmonie aneinander und zeigen in rhythmisch blinkender Weise die Wirrungen und Irrungen des guten Geschmacks.

Es ist auch die Zeit der Spannungen. Die Frau ist gespannt, welchen Missgriff der holde Ehegatte wohl dieses Jahr bei der Geschenkeauswahl vollbringt. Männer sind nicht entspannt bei der Suche nach einem passenden Geschenk für die holde Ehegattin und sind enttäuscht, wenn sie merken, dass sich nicht jede Frau über das neueste Staubsaugermodell zu Weihnachten freut. Vielleicht wären als Geschenk ja besser ein paar Kisten mit DVD's voller Serien gewesen. Solche über gütliche Zeiten, in denen man Liebe im Zentrum machen kann und dabei mit verschiedenen Thronen spielt und im Außenland unterwegs ist. Die Sehnsucht nach dem real nie auftauchenden Märchenprinzen wird in solchen Filmen zumindest virtuell durch heldenhafte martialische Kerle gestillt. Also solchen männlichen Personen, die im echten Leben eher nicht zu finden sind.

Es gibt zu Weihnachten einen Mann, der steht vor allem vor und in Weihnachtsbedarfsverkaufseinrichtungen herum. Meist trägt er einen roten Mantel und diverse Accessoires dazu. Da er meist als Mann und vornehmlich in der Weihnachtszeit in Erscheinung tritt, nennt man ihn in deutschen Landen den Weihnachtsmann. Die Kinder glauben an ihn, weil sie ihn sehen. Die Erwachsenen glauben nicht an ihn, obwohl sie ihn sehen. Das verstehe ich nicht.

Mit der Farbwahl seiner hauptsächlich roten Kleidung zeigt er allerdings wenig psychologisches Geschick. Rot macht bekanntlich aggressiv. Besser wäre grün oder rosa. Rosa macht empfänglich für die Stimmungen anderer Menschen und baut Aggressionen ab. Vielleicht sollten die Weihnachtsmannausstatter nächstes Jahr ihre Farbwahl besser überdenken. Rosa Weihnachtsmänner - das hat doch was.

Für all diejenigen, die den vorweihnachtlichen Aggressionen wenigstens mal für ein paar Momente entkommen wollen, ist dieses Geschreibsel bestimmt.

Mit dieser Geschichte im Hinterstübchen abgelegt, egal ob in Form von Papier oder als biochemischer Vorgang im Kopf, geht das Stollenbacken gleich viel besser.

Das Backen des Stollens überlassen kluge Leute dem Bäckermeister. Der hat das gelernt, der kann es oder sollte es können und verdient damit schließlich auch sein Geld.

Leute, die das Risiko mögen, versuchen sich selbst in der Kunst des Stollenbackens. Ich vergleiche das Stollenbacken mit der Zubereitung eines Kugelfisches. Geht etwas schief, geht der Esser hops.

Stollen und gefährlich? Ich sehe Ihre ungläubigen Blicke förmlich vor mir. Ja klar, wenn Sie gerade in einer Lesung sind und Sie vor mir sitzen, ist das auch kein Wunder.

Das ganze Backen fängt mit der Jagd nach den Zutaten an. Fast das ganze Jahr über ist das Regal in der Kaufhalle mit den Backzutaten ein Platz, wo man sich ungestört mit Bekannten unterhalten kann. Manche suchen sich dafür auch auffälligere Plätze, wie das Milch- oder Margarineregal und sind zutiefst erschüttert, wenn man sie zur Seite bittet um an die selten frequentierte Ware Milch zu kommen.

Das Backwarenregal und der Gang davor sind mir fast das ganze Jahr über egal. Anfang November beginne ich in dem Kaufhausirrgarten danach zu suchen. Es kommt tatsächlich vor, dass sich die Cerealien für Backerzeugnisse übers Jahr einen anderen Warteplatz aussuchen. Sicher nur, um die Personen zu verwirren, die sie begehren.

Just im November und Anfang Dezember ist der Gang, an dem das Backwarenregal steht, total überfüllt. Und zwar nicht nur mit Waren, sondern auch mit warenbegehrenden Menschen. Ich kapier es nicht, ausgerechnet dann, wenn ich mal an die potenziellen Stollenteiginhaltsstoffe ran will, müssen sich die anderen – hauptsächlich Einkäuferinnen – auch hier aufhalten. Links und rechts höre ich Fachgeplappere. „Ne, also Trockenhefe geht ja gar nicht, so etwas nehmen nur Anfänger. Und die Rosinen da, die taugen nichts, nehmen sie lieber die Sultaninen, die da hinten."

Am Butterregal guckt eine Einkäuferfrau irritiert, als ich einen Karton Butter aus dem Regal zerre und dabei vor mich hinmurmele: „Na, wird wohl reichen."

Ist ja nicht nur für ein oder zwei Stollen. Ich plane für zehn und dann werden es meist zwölf oder vierzehn oder dreizehn oder elf oder so.

Wenn ich dann so meinen halben Zentner Ingredienzien zusammen habe, habe ich aber die wichtigste Zutat noch nicht: bittere Mandeln. Für die Besorgung der bitteren Mandeln benötigt man etwas Vorlaufzeit um sich selbst sicher zu sein, dass man nicht einfach und risikofrei auf Bittermandelöl oder Bittermandelaroma ausweicht.

Wieso Risiko?

Falls es einem erfahrenen Backzutateneinkäufer oder -einkäuferin schon mal aufgefallen ist, seit Wendezeiten bekommt man die bitteren Mandeln nicht mehr einfach so im Kaufladen sondern nur noch in der Apotheke und dann nur mit Vorbestellung.

Zwei junge Apotheker waren am Bestellabend anwesend. Sie mussten sich erst einmal versichern, dass ich nicht falsch war. Offensichtlich hatten sie noch keine Vorweihnachtszeit in einer Apotheke erlebt und wussten daher auch nicht, dass mein Wunsch nicht fehlgeleitet war. Ich erklärte ihnen das Prozedere. Der mich bedienende Apotheker schaute in seinem Bestellinternet nach und berichtete mir, dass er zweihundertfünfzig Gramm für mich bestellen könnte. Ich war überglücklich, letztes Jahr hatte ich von einer erfahrenen Apothekerin lediglich sechzig Gramm ergattern können.

Bis jetzt ist das alles noch ziemlich langweilig, aber dran bleiben. Es wird noch spannend.

Am nächsten Tag, dem Abholtag, wollte ich voller Freude meine zweihundertfünfzig Gramm Blau-, ich meine, bittere Mandeln abholen. Es waren wieder die beiden jungen Apothekerwarenverkäufer anwesend. Einer ging in den Lagerraum und erzählte seinen Kolleginnen laut, dass der Mann, der die bitteren Mandeln abholen wolle, da wäre. Da schallte es von einer weiblichen Stimme aus dem Hintergrund: „Aber nur zwanzig Gramm." Ich rief meinerseits in Richtung Lagerraum: „Was soll ich denn mit zwanzig Gramm anfangen? Der Teig für zehn Stollen lacht sich tot, wenn er mit nur zwanzig Gramm bitteren Mandel konfrontiert wird." Und dann fing die Handelei an, die für mich unsichtbare Apothekerfrau ging nach oben mit ihrem Angebot und ich nach unten mit meiner Forderung. Schließlich und endlich erhielt ich eine Tüte mit hundert Gramm auf den Ladentisch gelegt. Mitnehmen durfte ich sie noch nicht. Zunächst bekam ich von dem zweiten jungen Apotheker eine Aufklärung darüber, was ich da gekauft habe.

Da ich mir sicher bin, dass der Chemieunterricht bei dem einen oder der anderen schon ein paar Jährchen her sein dürfte, folgt eine kurze Information zu den bitteren Mandeln und auch der eher dunkle Teil der Geschichte. Leute mit schwachen Nerven hören oder lesen jetzt bitte weg.

In der bitteren Mandel befindet sich Amygdalin, ein cyanogenes Glykosid, welches bei der Verdauung hochgiftige Blausäure absondert. Fünf bis zehn Mandeln reichen schon um bei Kindern zu einer tödlichen Blausäurevergiftung zu führen. Erwachsene brauchen etwas mehr, so um die sechzig Gramm.

Am 18.11.1964 berichtete der Spiegel, dass eine Frau auf der Straße unter schweren Krämpfen zusammengebrochen und schließlich im Krankenhaus verstorben ist. Sie hatte bittere Mandeln gegessen. Die chemische Reaktion, die sich bei einer Vergiftung abspielt, kann ich kaum von Wikipedia abschreiben, geschweige denn aussprechen. Kurz und nicht so gut, es kommt zur Einstellung der Zellatmung und damit zu einer inneren Erstickung. Nicht unbedingt ein Tot, den man sich wünscht. Also auch für potenzielle Selbstmörder nicht zu empfehlen.

Auf Grund dieser terroristischen Gefahr, die nach dem Kauf der Mandeln von mir ausging, musste ich mich nackig machen. Nein, nicht ausziehen, dass wäre für die anderen Kundinnen im Laden zu eklig gewesen. Aber meinen Ausweis wollte der Apothekerwaren-fachverkäufer von mir sehen. Und ich musste in einem Giftbuch unterschreiben. Sollte es in der Weihnachts-zeit zu vermehrten Blausäurevergiftungen kommen, erkläre ich mit meiner Unterschrift, dass ich damit einverstanden bin, dass Weihnachtsfest in einer gesi-cherten Unterkunft zu verbringen. Immerhin hätte ich mit meiner erworbenen Menge eine halbe Schulklasse ausrotten können. Nicht die aus der Zehnten, aber die nervigen kleinen aus der Ersten schon. Vielleicht fin-det sich auch noch der ein oder andere missliebige Erwachsene. Für einen reicht's. Jedenfalls hat's für ei-nen, für Adolf, gereicht und das war auch gut so, aber längst überfällig. Aber nein, ich will weder Schulklas-sen von dem Stress künftige Weihnachten erleben zu müssen bewahren, noch einen Diktator stürzen. Für Ersteres fehlt mir jegliches Interesse und für Letzteres werde ich wohl keine Gelegenheit bekommen. Ich weiß nicht, ob Kim Jung Un Weihnachtsstollen isst und ob mein Stollen den weiten Weg nach Nordkorea schaffen würde.

Ich drifte ab. Nachdem mir der zweite Apothekenfachverkäufer die Schrecknisse einer Cyanidvergiftung vor Augen geführt hatte, bin ich doch etwas stolz über meine erworbene hochgiftige Backzutat aus der Apotheke geschritten. Nicht ohne bei dem Gang durch die Kaufladeneingangshalle das Etikett mit dem Totenkopf sichtbar vor mir zu halten. Ich dachte, ich könne mir damit etwas Respekt verschaffen. Aber der Etikettenerschaffer hätte das Symbol wirklich etwas größer und auffälliger machen sollen.

Außer Cyanid werden noch einige andere Gifte meinen Stollen schmackhaft machen. Cumarin ist eins davon. Warum mache ich Cumarin in den Weihnachtsstollen? Ganz einfach ohne Zimt – kein Weihnachten. Das Cumarin im Zimt tötet nicht so schnell. Es nimmt Umwege über verschiedene unliebsame Beschwerlichkeiten und Leiden.

Ich hatte oben im Plural geschrieben: Gifte. Sehr, sehr reichlich gehört ein weiteres Gift zu den Zutaten: Zucker. Zucker schwächt nachweislich das Immunsystem und macht den Körper anfälliger für Bakterien und Viren aller Art, auch der böswilligen. Pilze und Parasiten gedeihen auch hervorragend durch Zuckernahrung. Diese Aussage soll jetzt aber nicht dazu verführen meine Weihnachtsstollen im Wald zu verteilen, um die nächste Pilzsaison erfolgreicher werden zu lassen. Ich kann nur sagen, das bringt nichts.

Ich stelle mir vor, wie eine Mutter vor dem Weihnachtssüßigkeitenregal in der Kaufhalle steht und dabei denkt: „Wieviel Gift soll's den dieses Jahr für meine Kinder sein?" Wenn's für den Ehegatten wäre, wären diese Gedanken ja erklärlich.

Wenn Sie glauben, das war es jetzt aber mit den Horrorzutaten, so gehen sie fehl in Ihrem Glauben. Wobei sie sich da in guter Gesellschaft befinden. Viele Leute gehen fehl in ihrem Glauben, glaube ich zumindest. Aber ich drifte schon wieder und zwar ab.

So komme ich zum nächsten Gift: Cholesterin. Und davon gibt es in meiner Zutatenliste eine ganze Menge in Form von Butter, Margarine und Schweineschmalz.

Ich sag mal solche bösen Worte wie Verkalkung der Arterien und Herzinfarkt. Man könnte sich einen besseren Abgang von der Weltenbühne wünschen.

Meine Oma hat immer gesagt, in den Stollen kommt nur gute Butter. Ich hatte in dem Einkaufsraum leider keine Etikettierung mit Guter Butter gefunden. Ich bin jedoch der Überzeugung, es gibt da nur böse Butter. Ich vermute, die Verkäufer wollten das nicht so anpreisen, weil das nicht sehr werbewirksam rüberkommt.

Ach ja, mindestens eine problematische Zutat gibt's da noch. Ich benutze Weizenmehl zum Stollenmahl. Im weltweiten Netz habe ich einen Artikel mit der Frage gefunden: „Bringt Weizen uns ins Grab?" Die Antwort dürfte für passionierte Weizenbrotesser nicht erfreulich sein. Wer also gern Arthrose, ein geschwächtes Immunsystem, wenig Muskeln und bessere Reaktionen bei Entzündungen haben möchte, der sollte richtig viel Weißbrot essen - und natürlich meinen Stollen.

Die letzteren gefahrvollen Zutaten sind, wie mich der zweite Apothekermann aufklärte, so genannte schleichende Gifte. Sie gaukeln einem Gutes vor und verstecken ihre Boshaftigkeit unter einem weißen Mantel.

Ein Schelm, wer hier Parallelen zu Politikern, Wirtschaftsbossen und sonstigen Gurus entdeckt.

Damit ist bewiesen, dass mein Stollen politisches Potenzial hat und Karriere machen kann. Vielleicht wird mein Stollen ja mal Minister für Verteidigung. Cyanidvergiftung bei den Gegnern, das hat doch etwas Morbides an sich. Gut, die Gegner müsste man sich noch suchen. Vielleicht fragen wir mal die Amis, die finden immer irgendeinen Gegner.

Ach je, ich drifte schon wieder ab.

Mit dem Verzehr des Stollengebäcks wird jedenfalls die Wahrscheinlichkeit erhöht, dass man mit einer netten jungen Krankenschwester in deren Diensträumen in Kontakt kommt. Für die Frauen gibt es sicher auch den einen oder anderen knackigen Krankenpfleger, der sich um die Problemzonen und anderes Leid kümmert. Das ist doch wenigstens etwas Positives.

Doch da ist noch etwas Gutes. Mein Stollen ist kein Killer. Im Gegenteil kann er gut gegen Unlust eingenommen werden. Zimt steigert die Verführungskünste der Frauen. Nelken fördern die Durchblutung der Organe und erhöhen die Empfindsamkeit für beide Geschlechter. Vanille wirkt durch seine Pheromone sexuell anregend und auch die Mandel galt schon im alten Griechenland als Potenzmittel. Das Kraut Kardamom wirkt liebesfördernd. Im Mittelalter war die Haselnuss als Sinnbild für Wollust und Sünde bekannt.

Also ein Stück Stollen essen und dann ab ins Bett.

Beinah hätte ich es vergessen. So ein Stollenstück schmeckt so ganz nebenbei auch sehr gut. Was interessieren da schon Fakten im postfaktischen Zeitalter?

Nachdem ich die ersten Stollen verteilt habe, sollte ich jedoch meine Reisetasche immer gepackt und griffbereit haben. Ich werde einen Stollen für meine lieben Zellenmitbewohner einpacken.

Na dann, guten Appetit zur Weihnachtszeit.

Das Leben

Warum bin ausgerechnet ich die geeignete Person um über dieses höchst philosophische Thema zu schreiben?
Ich betreibe die Tätigkeit Leben, seit ich geboren bin. Also länger als ich denken kann. Nach einigen Jahrzehnten Erfahrung im „So-vor-sich-hinleben" könnte man sagen, dass ich eine gewisse Profession erlangt habe. Außerdem lebe ich schon eine ganze Weile mit mir.

Es ist eine sehr gefährliche Sache – das Leben, denn es endet garantiert mit dem Tod. Zumindest konnte mir bisher noch niemand etwas anderes beweisen. Es gehört also eine gehörige Portion Mut zu dieser Lebenstätigkeit. Es gibt Personen, die versuchen sich mittels risikobehafteter Sportarten vor dem Leben zu drücken. Manchmal funktioniert das auch.

Es gibt Menschen, die versuchen das Beste aus dem Leben anderer zu machen. Offenbar sind sie damit erfolgreich. In manch' einer Kaufhalle findet man ehemaliges Leben, aus dem das Beste gemacht wurde.

Der Nachteil daran ist, dass dieses vergangene Leben nun nicht mehr mitbekommt, das es das Beste ist.

Die ersten Jahre verbringt man meist tagsüber in einer Körperaufbewahrungsanstalt. Die letzten Jahre seines Lebens auch. Nur ist es dann eine tägliche vierundzwanzig Stunden- Aufbewahrung. Dazwischen passiert so einiges.

Es gibt verschiedene Lebensarten, die man ausprobieren kann.

Die kindliche Lebensart ist gewöhnlich eine der ersten Lebensarten, die man durchführt. Es gibt sogar Menschen, die finden diese Art zu leben so gut, dass sie sie bis ins hohe Alter beibehalten oder irgendwann in sie zurückfallen. Männern wird so etwas oft nachgesagt. Ich glaube aber, dass ist tiefster Aberglaube, denn ich glaube aber, da könnte was dran sein.

Sollte man es schaffen die kindliche Lebensart mit zehn oder zwölf Jahren hinter sich zu lassen, kommt üblicherweise die jugendliche Lebensart. Vielen Menschen gefällt diese Lebensart so gut, dass sie sie so lange ausleben, bis sie feststellen, dass ihre Kinder ins heiratsfähige Alter gekommen sind. Hier sind es nun die Frauen, die diese Lebensart nie aufgeben wollen und mit allen möglichen Tricks die Zeit bis zur Beendigung der jugendlichen Lebensart so weit wie möglich hinaus zu schieben versuchen.

Erreicht man schließlich die Lebensart der Erwachsenen, dann gibt es weitere Unterteilungen.

So gibt es die kunstvolle Lebensart. Leider ist diese Lebensart meist gepaart mit einer armen Lebensart: arm an finanziellem Reichtum, dafür aber reich an finanzieller Armut.

Um damit zurechtzukommen empfiehlt sich eine minimalistische Lebensart: sich mit so wenig Dingen wie möglich zu belasten - kein Haus, kein Auto, kein fester unterhaltsberechtigter Partner, kein „Was-weiß-ich." Das erspart zum Beispiel die Fahrt zur Kraftfahrzeugreparaturwerkstatt mit dem Abschleppdienst oder zum Scheidungsanwalt.

Es gibt die faule Lebensart. Diese ist sehr begehrt und wird von vielen Leuten gewählt. Allerdings ist sie nicht ganz unproblematisch. Um nicht auch noch nebenbei die arme Lebensart durchführen zu müssen, macht es sich gut, wenn der Partner oder die Partnerin die fleißige Lebensart gewählt hat. Wobei wir damit schon bei der nächsten Art sind.

Die fleißige Lebensart wird allenthalben von anderen Leuten sehr gelobt. Die Familie freut sich. Der Chef freut sich. Die Vereinsmitglieder freuen sich. Alle freuen sich. Wirklich alle? Der fleißig Lebende hat selbst oft gar keine Zeit sich zu freuen, weil er ja die ganze Zeit damit beschäftigt ist fleißig zu sein um seine Lebensart aufrechterhalten zu können.

Es gibt dann noch die umtriebige Lebensart. Das sind Leute, die es einfach nicht an einem Ort aushalten. Entweder wird er ihnen zu langweilig oder die Person, die diese Lebensart gewählt hat, wird anderen Leuten zu unlangweilig im eher nervigen Sinne des Wortes.

Eher nicht empfehlenswert ist die kriminelle Lebensart. Ziel dieser Art zu leben ist, danach zwei andere Lebensarten auszuprobieren, die die faule und die reiche Lebensart kombiniert. Tatsächlich folgt jedoch oft eine eingeengte Art zu leben mittels Verbringung in eine umfriedete beschützte Anstalt.

Mit der reichen Lebensart konnte ich bisher noch keine Erfahrung machen. Jedoch könnten Sie mir da weiterhelfen. Wenn Sie, sage ich mal, mir für jedes meiner bisher in Kurzgeschichten geschriebenen Wörter zehn Euro geben, dann kann ich Ihnen demnächst auch über diese Lebensart meine Erfahrung kundtun.

Es gibt noch eine weitere Lebensart: die Überlebensart. Was das ist, weiß ich. Ich versuche mich jeden Tag darin. Insbesondere wenn ich Verkehr auf der Straße habe, also am Verkehr auf der Straße teilnehme.

Es gibt dann noch eine nebenher Lebensart. Diese betrifft oft Leute, die sich einst von einem Standesbeamten zusammenschreiben ließen und mit der Zeit vergessen haben, warum sie diesen Akt von dem Verwaltungsbeamten vollziehen ließen.

Sicher gibt es noch einige Lebensarten, von denen selbst ich noch nichts gehört habe.

Ich habe zum Beispiel noch nie etwas von einem Unterleben gehört. Und auch noch nie von einem, der unterlebt hat. Wenn es ein Leben, ein Überleben und ein Nebenherleben gibt, dann müsste es ja auch ein Unterleben geben? Vielleicht sind das Mieter, die in einer Souterrainwohnung oder unter bestimmten Bedingungen leben?

Hierzu werde ich noch weitere Forschungen anstellen müssen. Falls es jemanden gibt, der unterlebt hat, melde er sich bitte zwecks wissenschaftlicher Auswertung bei mir.

Und ein Leben nach dem Tod, eben eine Nachtodlebensart?

Na ich sag es mal so, ich habe noch keine Erfahrungsberichte aus erster Hand gehört oder gelesen oder gesehen, noch nicht einmal selbst erlebt. Allerdings bin ich sehr interessiert an diesem Thema. Schließlich will man ja vorsorgen. Ein bisschen Geld als Startkapital in die Nachtodeswelt überweisen.

Ich wünsche Ihnen viel Spaß und Erfolg mit Ihrer gewählten Lebensart.

Weltuntergang

Eine Frage beschäftigte mich schon mindestens eine Minute lang. Ich kam bisher einfach nicht auf die Lösung. Warum hat fast jeder Mensch Angst vor dem Weltuntergang und kaum einer hat Angst vor dem Sonnenuntergang?
Um zur Lösung zu gelangen, gab ich eine umfassende Befragung einiger wichtiger Mitglieder meines Bekanntenkreises in Umlauf.

Als Erklärungen kamen sinngemäß solche Antworten wie: Der Sonnenuntergang ist bekannt und zeitlich kalkulierbar, was man von dem Weltuntergang nicht sagen kann. Es versuchen jedoch tatsächlich einige Menschen den Untergang der Welt zeitlich planbar anzuzeigen.

Ein Mensch namens Jesus von Nazaret hat schon 30 Jahre nach seiner eigenen Geburt auf das kommende Ende der Welt hingewiesen. Zeitlich legte er sich auf die Erlebenszeit seiner Zuhörerschaft fest. Nun, das hat schon mal nicht geklappt.

Hippolytus ein römischer Kirchenschriftsteller und Gegenpapst legte das Ende der Welt auf 500 Jahre nach Christus fest. Vor ihm gab es noch einige mehr, die das Ende der Welt voraussagten und auch danach gab es noch etliche Leute.

Michael Drosnin, Autor des Buches 'Der Bibelcode', die Seherin Sakina Blue Star mit Verweis auf die Prophezeiungen der Hopis und die Mayas meinten das der Weltuntergang 2012 sein sollte.

Nun der Fakt, dass Sie diese Worte hören oder lesen können, zeigt, die vorgenannten Leute haben sich da etwas verplant. Sie haben mir und Ihnen und unseren Vorfahren etwas zugesagt, was nicht eingetreten ist. An welche Berufsstände erinnert mich das gleich? Wahrsager, Propheten, Gurus und ach ja ... Politiker. Ob das alles Berufe sind, weiß ich nicht – sagen wir mal Tätigkeiten oder Untätigkeiten.

Nun müssen wir laut Beda dem Ehrwürdigen, ein angelsächsischer Benediktiner und Geschichtsschreiber, noch bis zum Jahr 2076 warten um das nächste Ende der Welt zu erleben. Ich will ja nicht pessimistisch klingen, aber sowohl für mich als auch für die meisten Leser oder Hörer ist das Weltenleben schon vorher zu Ende. Ist ja noch ein paar Jahre hin bis dahin. Meine Kinder werden vielleicht die Richtigkeit oder Falschheit dieser Prognose feststellen. Ach so, vorher, nämlich 2067 soll „uns" ein Riesenmeteor namens Galax 3 noch auf eine schiefe Bahn bringen. Also mit uns meine ich natürlich die Erde. Einige Menschen versuchen sich aber jetzt schon mal darin auf die schiefe Bahn zu kommen, um nachher einen Wissensvorsprung zu haben, wenn ihnen die Erde auf der schiefen Bahn folgt.

Es ist nicht von der Hand zu weisen, dass sich die Menschheit unredlich bemüht die Weltuntergangsprophezeiungen wahr zu machen. Da der Untergang der Welt schon so oft angekündigt wurde, wird er ja sicher irgendwann vielleicht ganz planlos daherkommen und man muss schließlich wissen worauf man sich da einlässt, wenn man daran teilnimmt. Daher ergeben sich weitere Fragen, die einer dringenden Klärung bedürfen. Wenn die Erde untergeht, worunter geht sie da? Gibt es irgendeinen Horizont, den wir nur noch nicht sehen und der uns erst im Falle des Falles gewahr wird?

... Und was macht sie da unten? Ruht sie sich aus oder geht sie weiterhin ihrer Tätigkeit nach?

... Und bleibt sie da oder gibt es einen Weltaufgang? Wenn es einen Mondaufgang und einen Sonnenaufgang gibt, könnte es ja schließlich auch einen Weltaufgang geben.

Wie lange dauert es bis zum Weltaufgang? Zwölf Stunden oder doch ein paar Jahre länger? Welche Gesellschaftsform werden wir während der Zeit in der die Erde unten ist haben? Bleibt es beim Kapitalismus oder gibt es einen Universalismus oder kommen wir ganz ohne ein Muss aus? Kann man sich auf den Weltuntergang irgendwie vorbereiten? Ist es kalt oder dunkel während des Untergangs oder auch beides? Sollte man vorsichtshalber einen warmen Rollkragenpullover und eine Taschenlampe bereithalten? Gibt es da eigentlich auch Bier? Ok, auch noch einen Kasten Bier zu der Taschenlampe und dem Pullover. Und was ist mit Klopapier? Also das wäre mir schon wichtig in Momenten des Bedarfes auch welches dazuhaben. Langsam fühle ich mich wie in dem etwas abgewandelten Merkspiel: „Es ist Weltuntergang, was packe ich alles in meinen Koffer?"

Im Allgemeinen stellt sich der Weltuntergang schon als recht komplizierter Vorgang heraus. Mit meinem eher bescheidenen Wissen oder eher bescheidener Ahnung oder eher wenig bis gar kein Wissen und eher gar keiner Ahnung darüber, komme ich zu dem Schluss, dass es besser nicht dazu kommen sollte. Ahnungslos in so eine Sache reinzurutschen, bringt sicher nichts Gutes.

Aber wer weiß? Der nächste dreißigste Mai kommt bestimmt und dann leben wir nicht mehr lang, wie es schon in einem wissenschaftlichen fundierten Karnevalslied lautet. Ich denke, dass mit dem Weltuntergang ist so eine Ansichtssache. Wenn meine Nachfahren vielleicht einmal Marsianer sein werden, dann sagt mein Urenkel zu meinem Ururenkel am Marsabend: „Schau mal mein Sohn, die Erde ist untergegangen." Beide freuen sich, denn am Marsmorgen sagt mein Ururenkel zu meinem Urenkel: „Schau mal Papa, die Erde ist aufgegangen."

Vom Mars aus betrachtet, ist also der Weltuntergang gar keine so schlimme Sache.

Zeitfracht Medien GmbH
Ferdinand-Jühlke-Straße 7
99095 Erfurt, Deutschland
produktsicherheit@kolibri360.de